竹内けん ハーレムシリーズ 公式ガイドブック

原作・監修　竹内けん
編集　二次元ドリーム文庫編集部

Introduction

ハーレムシリーズの世界へようこそ!

ハーレムシリーズは、2005年5月に刊行された
『ハーレムキャッスル』(挿絵:Hiviki N)を皮切りに
二次元ドリーム文庫で陸続と刊行中のファンタジーハーレムシリーズです。

群雄割拠する異世界の大陸を舞台に女王、美姫、女剣士、メイド、魔法使い、芸妓、忍、女商人、女海賊、エトセトラエトセトラ……といった多彩なヒロインたちがHに闘いに乱舞する歴史大河エッチ小説連作となります。一言で言えば「ファンタジー世界で戦国時代をやっている物語」と思ってもらえればと。

ほとんどの作品タイトルが『ハーレム×××』という形で統一されており、基本的にどの作品からも読み始めてもOK!
このガイドでは充実の資料で作品世界を掘り下げると共に、全作品を詳しくレビュー、これからシリーズを手に取る方にもぴったりの道案内になるはずです。

それではいざ、美しき乙女たちとのエロ甘な日々をお楽しみ下さい――。

作品発表年表

- 二〇〇〇年二、三月 『黄金竜を従えた王国 上巻 美姫陵辱』『黄金竜を従えた王国 下巻 麗姫紅涙』発売
- 二〇〇〇年十月 『女王汚辱 鬼骨の軍師』発売
- 二〇〇一年九月 『ふたりの剣舞』発売
- 二〇〇二年四月 『二次元ドリームマガジン』4号に『妖姫リンダ』掲載
- 二〇〇五年五月 『ハーレムキャッスル』発売(ハーレムシリーズ本体の刊行開始)
- 二〇〇五年十一月 『ハーレムパイレーツ』発売
- 二〇〇六年六月 『ハーレムキャラバン』発売
- 二〇〇六年十二月 『ハーレムエンゲージ』発売
- 二〇〇七年二月 モバイル二次元ドリーム第7期より『餓狼の目覚め』配信開始
- 二〇〇七年四月 『ハーレムシャドウ』発売
- 二〇〇七年八月 『ハーレムシスター』発売
- 二〇〇七年十一月 『二次元ドリームマガジン』37号に『ハピネスレッスン 隣のお姉さんは魔女と騎士』掲載
- 二〇〇八年四月 『ハーレムパイレーツ2』発売
- 二〇〇八年四月 『ハーレムファイター』発売

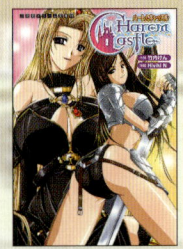

二〇一〇年十月『竹内けんハーレムシリーズ公式ガイドブック』発売
二〇一〇年十月『ハーレムジェネラル』発売
シリーズ第20作目
二〇一〇年八月『ハーレムジェネシス』発売
二〇一〇年六月『ハーレムデスティニー』発売
二〇一〇年四月『ハーレムロイヤルガード』発売
二〇一〇年二月『ハーレムマイスター』発売
二〇一〇年二月発売の二次元ドリームマガジン51号より『ハーレムジェネラル』連載開始
二〇〇九年十二月『ハーレムブリズナー』発売
二〇〇九年十月『ハーレムウェディング』発売
二〇〇九年八月『ハーレムキャッスル3』発売
二〇〇九年六月『ハーレムパラディン』発売
二〇〇九年四月『ハーレムレジスタンス』発売
二〇〇八年十二月『ハーレムウィザードアカデミー』発売
二〇〇八年十月発売の二次元ドリームマガジン43号より『ハーレムパラディン』連載開始（初の雑誌連載）
二〇〇八年八月 二次元ドリーム文庫第100弾として『ハーレムクライシス』発売
二〇〇八年六月『ハーレムキャッスル2』発売

color illustration by 神保玉蘭

color illustration by 龍牙翔

color illustration by かん奈

キャラクター人気投票 総合結果発表

公式ガイドブックの刊行を記念して2010年6月～8月にかけて行われたハーレムシリーズ読者参加企画。その中から、個別キャラ対象の部門を全集計!! 意外なキャラもランクインしたその上位7人までを一挙発表します!!

1位 イシュタール王国第七代国王 グロリアーナ

「うふふ……わらわは坊やのママなんだから、思いっきり甘えていいのよ」

登場作品:『ハーレムキャッスル』1〜3

シリーズを代表する美しき女王にして、エロエロアマアマな未亡人が貫禄の一位獲得。今日も今日とて欲求不満に熟れた肢体を持てあましていることでしょう。

本懐を遂げ、彼女がフィリックスの子を産んで、他の女性が産んだフィリックスの子にも囲まれる……そんなところまで続編を続けて欲しいです。
（名無し・30歳♂）

美しいは正義。
（野暮天・24歳♂）

竹内けん ハーレムシリーズ 公式ガイドブック

CONTENTS

COVER ILLUSTRATION／Hiviki N

- ◎ Introduction ── ハーレムシリーズ紹介 ……………………………………… 4
- ◎ 描き下ろしカラーイラストレーションギャラリー 神保玉蘭／龍牙翔／かん奈 ……… 6
  - ◎ 神聖帝国興隆前の大陸地図 ……………………………………………… 12
  - ◎ シリーズ作品分布図＆大陸解説 ………………………………………… 14
  - ◎ 読者参加企画オールジャンル人気投票総合結果発表 …………………… 16
- ◎ ハーレムシリーズ長編総ガイド ………………………………………… 20
  - ◎ キャラクター紹介＆主要人物相関図 …………………………………… 46
  - ◎ 各国地域風土紹介 ……………………………………………………… 58
- ◎ 竹内けん特別インタビュー1万2千字＋読者Q＆A ……………………… 64
- ◎ 特別書き下ろし小説その1「パールパティの魔法学園体験入学」……… 70
- ◎ カラーイラストレーションギャラリー
  - ハーレムシリーズ表紙口絵＆特典イラストギャラリー ……………… 84
  - 『二次元ドリームマガジン』カラーイラスト小説ギャラリー ………… 104
- ◎ 読者参加企画結果全発表＆読者が選ぶ名台詞、名場面集 ……………… 112
- ◎ 大陸年表 ………………………………………………………………… 120
  - ◎ 年表解説＆作品相関図 ………………………………………………… 122
  - ◎ 主要戦争および内乱解説 ……………………………………………… 124
- ◎ 書き下ろしコミック『ハーレムキャッスル The Beautiful Days』
  2.5話「ワクワク魅惑の湖！」 漫画／時丸佳久 ………………………… 131
- ◎ 特別書き下ろし小説その2「大空の調停者」…………………………… 152
- ◎ 用語事典 ………………………………………………………………… 164
- ◎ フローチャート式お薦め作品 …………………………………………… 172
- ◎ キャンペーン＆シリーズ短編情報 ……………………………………… 174
- ◎ ハーレムシリーズ作品全長編リスト …………………………………… 176
- ◎ 竹内けん あとがき ……………………………………………………… 177

地図イラスト／yprops
地域紹介風景画イラスト／白抹舘

ハーレムシリーズ長編総ガイド
25作品

レビューの見方

- 作品タイトル
- 舞台となった地域、国
- 解説
- 見どころHシーン
- 表紙
- あらすじ
- 要チェックキャラクター

Harem Castle ハーレムキャッスル

「子供をたくさん作るのは王族に
生まれた者のつとめです♥」

2005年5月発売

イラスト／Hiviki N

舞台となった地域：
西方都市国家群
イシュタール王国

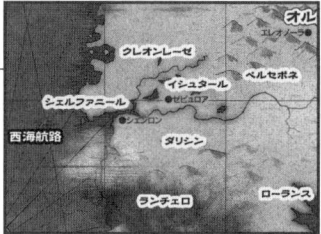

STORY

王国騎士に憧れる少年フィリックスは、ある日突然、王太子に祭り上げられ、考えたこともなかったエッチ三昧の生活を送ることに。義母の女王、それにメイド、元上司の女騎士が爛熟した肉体で迫りくる！　想像もしなかったハーレムライフに少年の理性は暴発寸前！?

Character PickUp!
イシュタール王国第七代国王
グロリアーナ

フィリックスの義母。熟れに熟れた欲求不満の肢体を持てあます悩ましげな色après家様。

**シリーズの一大原点ここにあり
初心な少年を取り巻く王宮ハーレム生活**

全てはこの作品から始まった。
西方都市国家群イシュタール王国で起こった御落胤騒動。突如王宮でめくるめくハーレムライフを過ごすことになった少年フィリックスを取り巻く個性的な美女ばかりだ。エロエロ甘々指折りの少年を包み込む義母女王グロリアーナとの睦み合い、幼馴染みの突然の出世に戸惑う女騎士ウルスラとの切ない体験――。
改めて展開を読み返してみると、性、愛、戦いと後のシリーズに含まれる要素が織り込まれていることが分かる。武官として、文官として己を貫く女たちの姿、それをシリーズのアルファと呼んでもよいのだろうと思う。

ここが見どころ！

ぷるんっとした唇を吸い、した舌を吸い、さらさらとした唾液をからめる。とろとろとした唾液を舐めつつ首筋を舐めまわる。掌からこぼれる乳房を荒々しく揉み回す。腰を気にせず持ち上げた。肉棒がズルズルと抜けていく感触が膣襞と絡み出る。「ああ！もっと入れていたいのに！」抜ける寸前で止め、叩き落とす。「んほぅぅ！」亀頭が抜ける寸前で止め、叩き落とす。「膣襞がごそっと落とされ、子宮が揺れる。

全身熟れまくりの義母女王様との、
ド迫力の初体験。背徳感も極上のスパイスに。

Harem Castle 2

「主君と臣下が親密になる、気持ちイイ方法があるのよ♥」

2008年6月発売
イラスト／Hiviki N

舞台となった地域：
西方都市国家群
イシュタール王国

STORY

イシュタール王国の少年王子フィリックスは、甲斐甲斐しくご奉仕してくるメイドたちや、女王グロリアーナ、ウルスラらとの秘め事に耽る日々を送っていた。そんなある日、シャクティという美しき女軍師が現れ、不思議な魅力とその才覚に思わず魅され……!?

エッチでセレブな王宮生活再び！
今宵、少年王子の夜伽のお相手は？

新キャラ多数登場で送るシリーズの第二巻。一巻に比べると大分イシュタールの政情も安定しており、王太子として頑張るフィリックスの姿も頼もしい。プライベートでは、お見合いでペルセポネ他のお姫様たちに逆レイプされそうになったりと何とも羨ましい……いや、難儀な生活を過ごしているようだが。

この巻で注目すべきは何と言ってもシャクティの飄々としたキャラクター。冒頭のグロリアーナとの丁々発止の会話を読んでいると、かの女傑に肉薄できるのはまずこの名軍師なのかなと思う。そして、彼女がフィリックスの後宮に入ったことは、何かしら彼に為政者としての才能を見出したと言うことなのだろう。

Character PickUp!
クンダル伯息女 シャクティ

軍師としての圧倒的な知略を買われてフィリックスの軍門&後宮に入った飄々とした美女。

ここが見どころ!

「ふーん、初めてなんだ。もしかしてみにいけない趣味を目覚めさせちゃったかもしれないわね」
嗜虐的な笑みを浮かべたお姉さまはこつんこつんと足に足を掴み、ズミカルに足を振動させていた。
「うぁ、ああぁ……」
名軍師との初めての絡みは足コキご奉仕。ポージングが実に様になっています。

フェラチオやパイ擦りをされた経験はあっても、足コキ初体験のフィリックスは世にも情けない声を漏らしていた。

Harem Castle 3

お姫様に女騎士にメイドたち――
城内の美女すべてがお嫁さん候補!!

2009年8月発売
イラスト／Hiviki N
舞台となった地域：
西方都市国家群
イシュタール王国

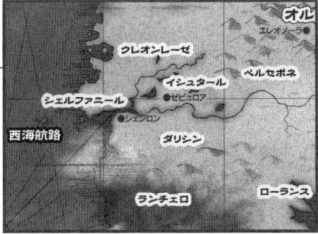

秋のイシュタール王国、美女たちとのエロ穏やかな日々を描くオムニバス短編

庶民から一転、激動の王太子生活に突入したフィリックス少年が過ごす、つかの間の平穏な日々――そんな印象を受ける、大人気シリーズの三作目。

見どころは、巻数を重ねることで描かれるフィリックスの成長、そしてハーレムの面々の変化だろう。あの男装の麗人コーネリアが、ウルスラとの性技対決に敗れ、「おネエさま」と慕うようになる姿を誰が予想できただろうか？そして強烈に存在をアピールしてきたディアーネや、第一巻から未だ手付かずだったキャロルもついに……！シリーズきっての人気作、今後も、熟成しながらも新たな味が加わり読者を楽しませ続けてくれることを期待したい。

STORY

美しきお妃候補たちに囲まれて暮らす王子フィリックス。グロリアーナにお忍びデートに連れ出されたり、キャロルと焼き芋をしたりと慌ただしい日々を送っていた。そんなある日、妃の座に執心するディアーネが予期せぬ荒々しい方法で迫ってきて……!?

Character PickUp!
ペルセポネ王国王女 コーネリア

フィリックスのお妃候補。剣術に優れた男と見紛うばかりの麗人である。

ここが見どころ！

〈ああ、コーネリア、イっている‼︎〉女の絶頂に釣られそうになったフィリックスだが、なんとか耐えた。しかし、ウルスラは容赦なかった。コーネリアにいささかも休む時間を与えずに、そのまま右の乳首を口に含むと、チュパチュパとしゃぶり始めた。「ひあああん♪やめてくれ、これ以上されたら、おかしくなってしまう！も、もう、許してぇぇぇぇ‼︎」

新しいお妃候補も加わり、誘惑合戦と女同士の戦いはますますヒートアップ！

ハーレムロイヤルガード

HAREM ROYAL GUARD

「ねえパウロ様。童貞ってなんですの？」

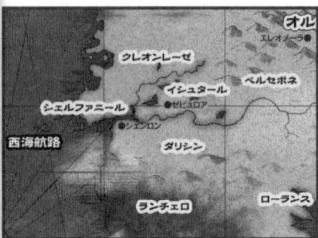

2010年4月発売
イラスト／のりたま

舞台となった地域：
西方都市国家群
シェルファニール王国

STORY

シェルファニール王国を導く聡明な青年として知られる宰相パウロ。しかし実は童貞で、女性の扱いに不慣れという弱点があった。二人の令嬢に色じかけで迫られて卒倒する彼を見かねた王妃さまは、熟れた身体を使ってふしだらな特訓を施してきて──!?

時は神々の時代の前夜　青年宰相と乙女たちの肉欲まみれの奮闘記

穏やかな昼下がり、美女たちのまる出しになった美しいお尻や局部を見ながら、香り高い珈琲を愉しむ。さすがハーレムシリーズ、紳士の嗜みもひと味違う。

セレブたちをエッチで愛の奴隷に堕としていくのが醍醐味の本作だが、特に衝撃的なのはエステリーゼ姫がブリューセイスとゼセラをペットにして、全裸で散歩させるシーンだろう。パウロへの愛ゆえに辱められて耐える二人の情熱は驚嘆に値する。

ちなみにパウロとエステリーゼの娘のエロイーズがフィリックスの嫁候補の一人となるのだが、今後『ハーレムキャッスル』に絡んでくるのかどうかも興味深い。

Character PickUp!
シェルファニール王国王女
エステリーゼ

明るく活発なお姫様で、小悪魔的な性格──にも程がある悪戯好きな少女。貧乳万歳。

ここが見どころ！

さすがに若いだけあって肌が綺麗ですわ」「この肌理細やかさはちょっと妬けますわね」

それぞれ乳房を手に取って揉んでいた二人は、エステリーゼの小さな乳首が尖ってきたことを察すると、それぞれ口に含んでしまった。

右の乳首をブリューセイスに、左の乳首をゼセラに吸い上げられて──。

「ちょ、ちょっと……あなたたち、ヤメぇ」

まだまだ発達途上のお胸を責められて、悪戯好きのお姫様もさすがに悶絶。

「い、いけません。わたくしは神に
捧げられた女です。それだけは……」

2007年8月発売
イラスト／神保玉蘭

舞台となった地域：
西方都市国家群
イシュタール王国と
クレオンローゼ王国の
国境地帯

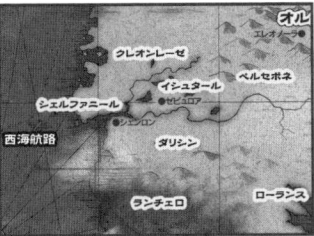

STORY
王国のクーデターに失敗した少年は命からがら逃亡し、美しき聖女に助けられる。彼女の大聖堂で妹系シスター、妖艶な未亡人シスター、そして彼を慕う僧兵少女による淫らな静養の日々を送る少年。おまけに聖女様までもが何やら彼が気になるようで……!?

Character PickUp!
ミルクア大聖堂司教
ユーフォリア

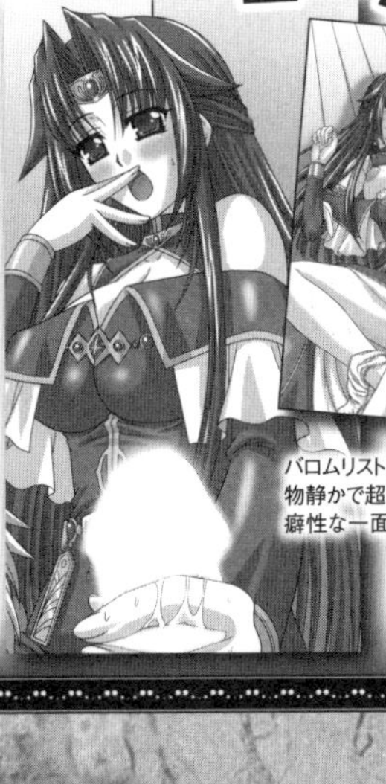

男子禁制の修道院にはエッチで危ない誘惑がめいっぱい!?

主人公は『ハーレムキャッスル』で謀反を起こした王弟派将軍の息子ヒルクルス。当ガイド刊行に伴う読者参加企画でも、そこかしこに『キャッスル』と『シスター』の因縁が見られ、隠れた人気作であることをうかがわせた。
——といった背景はさておき、まずは修道院での背徳的なエッチの数々をお楽しみいただきたい。特に魔法バイブを見つけられた後の未亡人シスターベルベットの豹変は凄まじかった。大分溜まっていたんだろうか……。
結末では、ヒルクルスは愛しい巫女長に別れを告げることなく北方ドモスへ向かう。一読者として、この少年少女がどこかで相見えることを希う。

バロムリスト王国の王族の出身。物静かで超然とした美少女。潔癖性な一面も。

ここが見どころ！
（よかったぁ、ユーフォリア様ってアナルでもしっかり感じちゃっているみたいだ……。アナルなんかに入れられて女が感じられるのか、という不安を持っていたヒルクルスは嬉しくなった。女が感じてくれていると思えばこそ、男の腰使いも元気になる。ズコズコと思う存分に腸壁を抉りまくった。
「はぁ、す、すごい、ああ、蕩けるゞ」
その貞操は神に捧げられた身体——というわけで聖女様との初体験はアナルセックスで。

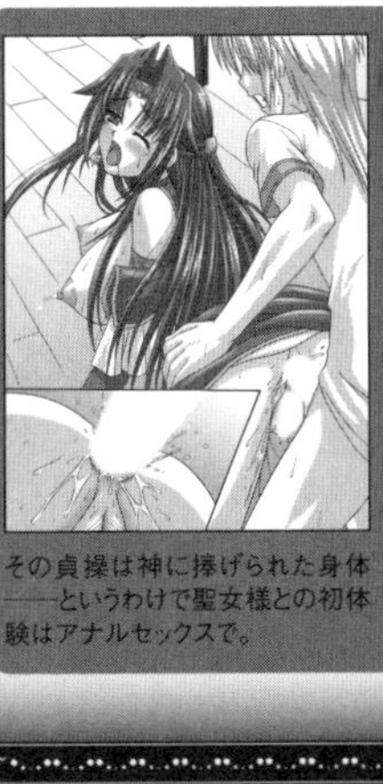

Harem Wedding

「……負けた。女は父親に似た男に
惹かれるというが、どうも事実らしい」

2009年10月発売

イラスト／神保玉蘭

舞台となった地域：
ドモス王国南部
ヴィーヴル領

STORY

名家の少年騎士カルシドはその才覚を見込まれて、ドモス王国の王女の一人と結婚し、その家を継ぐことに。しかし婚約者クラミシュは男嫌いで、結婚に猛反発。途方に暮れる彼に、クラミシュの母親ティファーヌが女というものを教え込んでいくことに！

Character PickUp!
"ヴィーヴルの寵姫"
クラミシュ

ドモス王国の一王女。父王ロレントの漁色家ぶりを知っているだけに、極度の男性不信に。

主人公が本妻他、側室を抱えるのが当たり前の本シリーズだが、新婚初夜を4人の花嫁姿のヒロインと迎えるのは本作くらいだろう。正にタイトル通り、男にとって夢のシチュだ。『鋼鉄の処女姫』の渾名を持つクラミシュは、その身だけでなく心まで鎧で覆っている。漁色家の父ロレントへの嫌悪から男を寄せつけない、清らかな乙女としての鎧。また、人生を捧げ、領主となって国を支える気高い姫騎士クラミシュの鎧によって形成される気高い姫騎士クラミシュは大層魅力的だ。そしてそんな彼女だからこそ、心の鎧（と、現実の鎧）を剥ぎ取った時にみせる、素直で従順な『俺の嫁』状態の可愛らしさが輝くのだろう。ああ、こんなお嫁さんが欲しい。

許婚は男嫌いのツンツンお姫様
結婚への道は険しく、そして甘い？

ここが見どころ！

ツンツンお姫様の初めてのフェラチオ奉仕。素直になれない婚約者には乳首責めが効果覿面。

（くっ、そろそろ限界だ）必死の気合いで我慢していた逸物が、ビクンビクンと脈打ち始めた。鈴口から溢れ出した精液が、先端までに詰まっている自覚がある。肉棒の先端に向かって、カルシドは男の欲望をぶちまけた。
「クラミシュ、出すぞ……くっ」
「むっ」
肉棒の変化に驚くクラミシュの口内に、ドビュ！ドビュビュビュビュ。

ハーレムジェネシス
Harem Genesis

「――わ、私が殿下の初穂をいただくのですか?」

2010年8月発売

イラスト／神保玉蘭

舞台となった地域：
ドモス王国
フレイア王国

STORY

ドモス王国の王太子アレックスは、乳母フランギースに女の扱いを教えられそうになるが、父の漁色ぶりを知っているため拒絶してしまう。さらに他国の姫ユーディらを差し向けられるも、彼は美形の騎士マンセルとの男の友情に惹かれていき……!?

Character PickUp!

フランギース

ドモス王太子アレックスの乳母。物事を完璧にこなす才媛で彼を猫可愛がりしている。

シリーズ初期のあの乙女たちが再登場 二十年後の「黄金竜を従えた国」

シリーズ本体の20作目。その主人公を覇王の息子アレックスが務めるのも感慨深い気がする。『ハーレムウェディング』のクラミシュと同様、父の漁色家ぶりから女を避けがちだったアレックス。彼にとっての人生最初の試練は、フランギースが国中から選び抜いた美女たちによる逆レイプだった。こんなトラウマになりそうな荒行事にも折れず、次第に色を好むようになっていく姿は流石ロレントの息子（というよりハーレムシリーズの主人公?）といったところか。周りの者に愛されまっすぐな心で王太子として歩みだしたアレックス。異母兄ロシェとの後継者争いが予感されるが、アレックスに眠る餓狼の牙は目覚めるのか、楽しみなところである。

ここが見どころ！

「あ、あん……、はぁ、ああ……ひぃん♪」筆で一撫でされるたびに、ぞくっと身悶えるようにユーディは震えた。その様がなんとも色っぽい。そして撫でる場所ごとに少しずつ反応が違うことを察する場所を見つけた。乳輪の周りに円を描くように撫で回すと、ユーディの喘ぎ声は一段と甲高くなり、乳頭がニョキニョキと飛び出してきた。

可憐なお姫様を教材に女体のお勉強中！? ……のはずが実技がエスカレートして……。

ハーレムキャラバン

「旦那様、あたしたちにも夜のご奉仕させてください!」

2006年6月発売

イラスト／七海綾音

舞台となった地域：
ドモス王国
他大陸各地

STORY

大商人である父親から隊商を一つあずかることになった少年・オルフィオ。だが、なんとその隊商は美女だらけのハーレム状態!! よりどりみどりの美女たちとともに、日々商いとエッチのセンスを磨く若オーナーは、ついに憧れのお姫様と結ばれるのだが……!?

お抱え商隊は大陸きっての美女揃い年中無休のハーレムライフが始まる!

何とあのロレントとアンサンドラの長女がヒロインとして登場。ロリ顔巨乳でちょっぴり嫉妬深くて素直になれない可憐な女の子──つらつら書いていると、鳶が鷹を生んだか? というちょっと失礼な連想が思い浮かんでしまう。
本作品で注目すべきはシリーズ最大の移動スケール、主人公たちが行商でまるごと大陸一周をしていることだろうか。各国で出会う意外な面々を見ていると時折懐かしい気持ちになってしまう。同商隊は大陸各国を訪れているため、別作品での再登場が強く期待できる。
アレステリアはオルフィオと結婚後も鬼腰遣いで夫を翻弄しているらしい。彼の二つ名はベッドの上でも「恐妻家」なのかも知れない。

Character PickUp!
ドモス王国第一王女
アレステリア

覇王ロレントの長女で、父に似合わない実によくできた可憐な少女。

顔は可憐なお姫様も、肉体はムチムチした育ち盛り。感度も上々で将来が楽しみ。

ここが見どころ!

輿の乗ってきたオルフィオに、雨の乳首を交互にしゃぶり、しゃぶっていない乳首は指で摘んでしごきあげた。
「あ、あ、やん……んんんんん」アレステリアの肢体がピクピクピクと小刻みに痙攣する。
この現象がなにを意味するのか、女体に慣れてきたオルフィオには察することができた。
(うわ、すごい敏感、おっぱいの愛撫だけでイっちゃったんだ)

「若様は忍術だけではなく、
女の修行にも励まれるべきです」

2007年4月発売

イラスト／七海綾音

舞台となった地域：
オルシーニ・
サブリナ二重王国

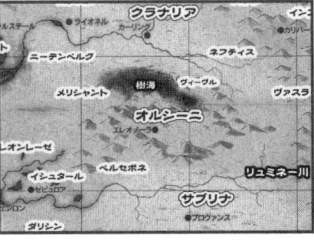

STORY

高貴で強気なオルシーニのお姫様を守る隠密部隊の頭領になった少年忍者ツヴァイク。クールな先輩くノ一、焼き餅焼きの幼馴染みくノ一、ビキニ鎧の豪快な女戦士、妖艶な叔母様のエッチな誘惑に戸惑う中、間者にお姫様がさらわれてしまい……!?

Character PickUp!
"暁の女神"
ジークリンデ

少年忍者とお姫様のどたばたコメディHに誘拐に、お城の中は大騒ぎ!!

おのぼりさんの少年忍者とお姫様の秘められた恋を描くラブコメディ。しかし当のツヴァイク本人が微妙に浮気性というか、女癖が悪いというか——いずれにせよ忍として大丈夫なんだろうかと思わせる行動を次々に取るのではらはらさせられる。とはいえ、少年が『告死蝶々』ジュリアとの逢瀬や、リサイアとの情事で女心の機微を徐々に学んでゆく様子は小気味よい（何しろ、最後にはリサイアをセリューンから解放しようとまで決意するのだから）。
十年後を舞台にした『ハーレムウェディング』ではめでたくジークリンデと結ばれた彼が敵役として大活躍。ドモスの勇将を相手に化け物じみた白兵戦能力を見せつけた。

二重王国サブリナ派の希望の星とも言われる文武両道で勝ち気なお姫様。

ここが見どころ！

お姉様とえっちぃ女の修行中。決して童貞少年を食っているわけではありません。

昼間握ってしまったジークリンデの乳房より小さいが、熟れごろの媚乳である。ツヴァイクはその触り心地に感動して、思わず優しく揉み、ツンと飛び出ている小さな乳首を摘んでしまう。
「ふふ、気に入ってくれたみたいですね」
素直に応じたツヴァイクは夢中になって揉んだ。両手に握っておっぱいを好きなように触って
「あん、そうやって好きなように触っていいですよ。ふふふ……♪」

「君はこの船でたった一人の男なんだから頑張ってもらわなくっちゃ」

2005年11月発売

イラスト/浮月たく

舞台となった地域：
翡翠海沿岸
エトルリア王国

海の男を目指す少年王子を待ち受ける美女だらけのハーレム船

STORY

海洋王国の王子・リカルドが一人前の船員になるために乗り込んだ軍艦は、美女船員だらけのハーレム状態！ ウブな王子は、興味津々なお姉様達から毎日のように淫らな船上訓練を受ける事に。美女海賊も加わって、リカルドへのシゴキはますますヒートアップ！?

Character PickUp!
エトルリア王国海軍提督 シグレーン

同国の最年少提督。やり手の女性政治家で、若い頃はかなりやんちゃだったらしく武勇伝は数知れず。

女海賊に囚われ、股間をたっぷり苛められる王太子様。こんなお姉様なら捕まってみたい？

「海賊王に僕はなる！」（大意）と決意した王太子が勇んで乗り込んだ船は諸事情により女性だらけのハーレム軍艦。少女水夫たちにシゴかれ扱われ、挙げ句の果てにはマストに縛りつけられたまま、一物の果てには「ちっちゃーい」と言われ本気でヘコむ様子はホロリとさせられてしまった。もちろんそのあとはビキビキに勃ったナニをペロペロと慰めてくれるわけですが、イシスと海中で睦み合うシーンを読んでるとつくづくこのエロガキは海が好きなんだなと思う。そして、その信念が『パイレーツ』シリーズに透徹した芯を与えているのだろうとも。ラストのド迫力の200P（3Pの200人版ね）、少年に賭ける乙女たちの想いを感じ取って欲しい。

ここが見どころ！

そして、にわかに両脇から掴むと、少年のギンギンにそり立っている肉棒を挟んだ。パイズリだ。滑らかな温かい女の柔肌が心地いいし、視覚的にも淫らで目が離せない。大きさという意味では、シグレーンに比べたら絶対に負けるが、弾力という意味では、絶対にスカーレットが上だ。プリンプリンの乳肉を揉み扱く。
「どう、イシスの貧乳じゃこんなのできないでしょう」

ハーレムパイレーツ2

「王子、キモチいい事しようよ。
この船での初めての……ね♥」

| 2007年11月発売 |

イラスト／浮月たく

舞台となった地域：
翡翠海沿岸
エトルリア王国
ローランス王国
カルロッタ王国

STORY

念願の自船を手に入れ、謎の幽霊船の調査に乗り出す少年王子リカルド。だが、仲間の女将軍や部下の女軍人、美少女水夫たちは、作戦そっちのけでエッチなご奉仕にすっかり夢中！　更に婚約者まで登場し、今回の航海もエッチな誘惑がめいっぱい！？

Character PickUp!
「海賊王」客員参謀
ロゼ

幽霊船に挑む若き海賊王の航海は
今日も今日とて肉欲まみれ

　さあ、ロゼの魅力について語ろうか（え？　そういうコーナーじゃないって？）。無口ロリの名参謀、男嫌いかと思えばその主張は「私は男が嫌いなのではありません、ネエサマ（＝スカーレット）が好きなのです」。おずおずとリカルドのペニスに奉仕する様子はもうくらくらするほど可愛かった。
　……この調子でいくとエヴァリンに戦斧で脳天を叩き割られそうなので軌道修正。ツンデレお姫様との夫婦漫才や、女軍人へのソフトな拷問など見どころ満載の本作だが、前作から続いて登場のマリオンたち少女クルー三人の元気な愛人ぶりも嬉しい。願わくは、また別の物語で彼女たちに会いたいものだ。

ここが見どころ！

目の前で熱い情交を見せつけられながら、タコと美少女にタコツボ型名器を焦らされるお姉様。

「いやぁ、こんなのでイクのなんていや～ん」、リカルド殿下にいかせて欲しいお、リカルド殿下のおちんちんでいかされるのは矜持が許さないらしい。しかし、女として、同性による三人娘、及び蛸にも責められてヴァネサも相当に追い詰められているようだ。女として、同性や動物によっていかされるのは矜持が許さないらしい。（うわぁ、なんか凄いことになっている）

リカルドの部下の女海賊の腹心。豊富な知識と勘を持つ、無口ロリながらも一本筋の通った海の女。

ハーレムパラディン

「おぬしの全てを予に捧げよ」
おてんば王女様と少年騎士の大恋愛活劇

2009年6月発売
イラスト/浮月たく

舞台となった地域：
翡翠海沿岸
シルバーナ王国

STORY

武芸大会の活躍ぶりを買われ、王女の近衛騎士団の武術顧問に任命された少年騎士ゼクス。中性的な姫騎士シェラザード、冷静沈着なオリビィエ、勇猛なユーノら美少女だらけの騎士団の中で、彼は戦いや女の子たちとのお付き合いに奮闘していくことに！

かくして、少年は女王となり
少年は彼女を守護せし聖騎士となる

貧農の六男から一国の女王に付き従う聖騎士へ。シリーズ屈指の出世を成し遂げた少年・ゼクスの立志伝である（余談だが、下層階級からこの手のステップアップをした主人公はシリーズ全体で彼ただ一人）。

「やりたい盛りの少年×好奇心満載のお嬢様騎士団＝エロエロなお付き合い」という公式は鉄板として、妙に爽やかな印象を残すのが、男の子の興味津々、でもセックスの知識は皆無のお姫様・シェラザード。王族としての務めを"家業"と言い切る姿は本当にかっこよかった。地政学的にシルバーナの行く末は穏やかではなさそうだが、このお似合いのカップルに幸あらんことを願わずにはいられない

Character PickUp!
シルバーナ王国第一王女
シェラザード

少年のように活発な性格のお姫様。根は真面目なのだが性知識にちょっとばかり偏りがある。

ここが見どころ！

ご学友に両乳を責められる王女様――いや、この時点ではもう女王様か。何て戯れ多い!!

どぉ、ゼクスの超極太おちんちん咥え込んだ状態でやられると、こんなにも効くでしょぉ「シェラさまってば……いつの間にか乳首を硬くしちゃって」ユーノとオリビィエに愛しい主君の乳首を舐めしゃぶる。「ふぁ、ああ……」シェラザードは奥歯が合わさらないと言いたげに、情けない声を漏らす。

32

ハーレム♥エンゲージ
Harem engage

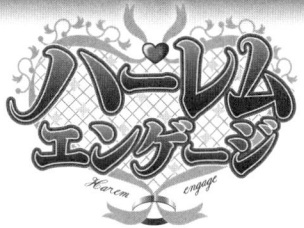

「お姉ちゃんたちに譲りたくない!」 突如舞い込んだ美人姉妹との婚約話!?

2006年12月発売

イラスト／あさいいちこ

舞台となった地域：
ラルフィント王国南部

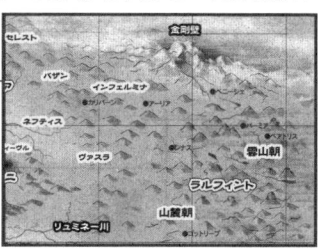

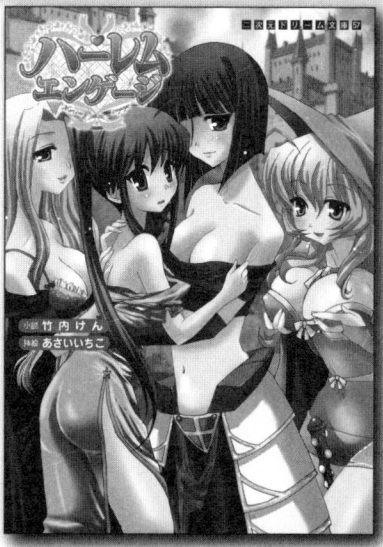

STORY

主君を失った少年騎士・バージゼルは、遺言に従いその愛娘である三姉妹の誰かを妻に娶る事に。初心な年下の少年に興味津々な美人女将軍、セクシー魔法使い、ツンデレ剣士との、裸のおつきあいが今始まる！ 果たして、バージゼルは誰と結ばれるのか？

大陸東部の運命を決定づけた美人三姉妹とのイチャラブハーレム生活

——んなもん決定づけられてどうするんだという声がどこからともなく聞こえてくるが、正しくそうなのである。オーフェンにぷにぷにと巨乳を擦りつけられながら手コキでどぴゅどぴゅと射精させられていたこのショタ少年の決意が、老大国の歴史を大きく変えていくことを思うと中々に感慨深い（この男がいなければドモスはインフェルミナを失わずに済んだかも知れないし、山麓朝の滅亡も十年単位で遅れていたはずだ）。げに不可思議は歴史の偶然か。

ちなみに、この三姉妹は後の『ハーレムプリズナー』でも揃って登場。娘（姪）の恋愛を見守る、微笑ましくもかしましい三人のおばさまたちの姿を見ることができる。

Character PickUp!

"星魅の魔女" オーフェン

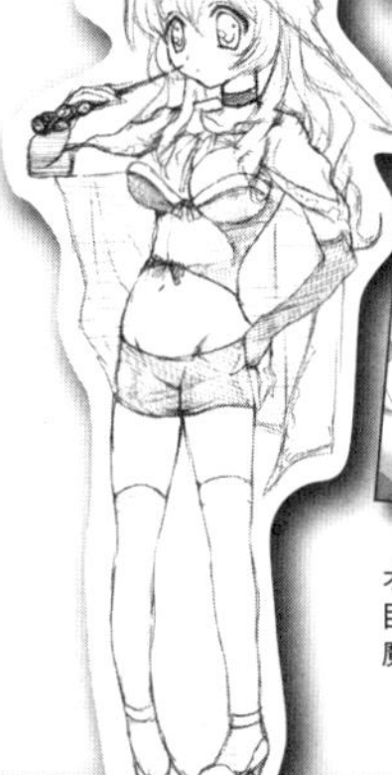

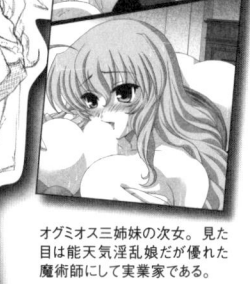

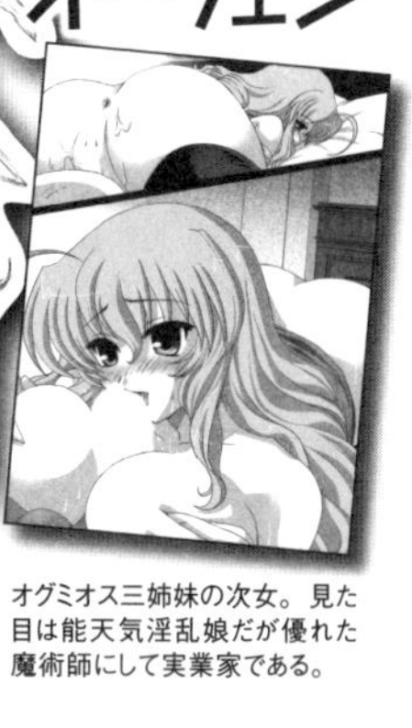

オグミオス三姉妹の次女。見た目は能天気淫乱娘だが優れた魔術師にして実業家である。

ここが見どころ!

「あ、ダメ、舌入れちゃダメッ！ あ、だからってクリちゃんはダメ、クリちゃんに触れちゃダメっ」

弱いと告白されて責めない道理がない。バージゼルは包皮に包まれたクリトリスを舌先でこね回した。アーリーの陰核は勃起しても顔を出さない、完全な包茎らしい。そこで包皮を剥きにかかる。

「あ、そんなやめて、そんな感じすぎちゃうぅ……」

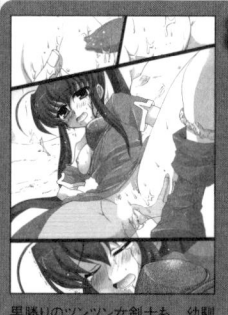

男勝りのツンツン女剣士も、幼馴染みの一生懸命なクンニ奉仕に絶頂間近。

ハーレムマイスター

「最強の太刀と、最高にエロエロな女。ぜひ貴殿の手で鍛え上げてくれ」

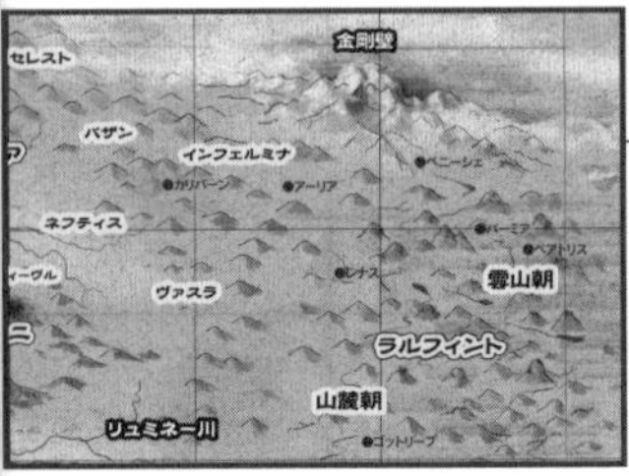

2010年2月発売
イラスト／高浜太郎

舞台となった地域：
ラルフィント王国北部
ベニーシェ村

舞台はシリーズ屈指の古年代
後の名刀鍛冶のエロエロ青春ライフ

剃毛万歳!!

というわけで、現シリーズ最古年代作品であり、後に各国の名剣を鍛え上げた伝説の刀鍛冶の青春時代を描く佳作が登場である。――こう書くと微妙にいい話っぽいが、いや、まあ実際にいい話だ。揺れ動く青年の心は程よい興味を残すし、ユージェニー可愛いし。

刀鍛冶の一環として剃刀も鍛える→切れ味を師匠の脇と股間で試してみる→剃毛→人工パイパンの一丁上がりという流れには余人の発想が寄せつけない凄みを感じさせられる。世慣れていないようで男には慣れていない女商人・バミリタの喘ぐ様子も可愛らしく、ともすれば雰囲気が重くなる仇討ち話に明るさを添えてくれた。

STORY

美少女剣士の依頼で、最高の刀作りを目指すことになった鍛冶屋見習いの少年ジェルクリーナス。彼は憧れの師匠ペンテシレイアや女商人バミリタの助力を得て製作に励む。その日々の中で、バミリタには誘惑され、ユージェニーとも熱いスキンシップを交わしていく。

Character PickUp!
ベニーシェの里女刀工 ペンテシレイア

刀鍛冶だけでなく医術にも長けた才女。やや羞恥心に欠ける一面もあったが実は――。

少年の肉剣を鍛え上げる女商人・バミリタ。次は股間の溶鉱炉がお出迎え!?

ここが見どころ！

「まずは焼き入れね……はむ♪」
頃はよしと見たのだろう。逸物に向かって下りていき、パクリと咥え込む。
「ああ、咥えられちゃった♥バミリタ姐さんにぼくのおちんちん食べられちゃった」
感動に喘ぐ少年の顔を見上げながら、お姉さまは顔にかかる頭髪を左手で押さえ、逸物を咥え込んだまま美味しそうに頭を上下させる。
ジュル……ジュルッ……。

ハーレム ウィザードアカデミー
HAREM WIZARD ACADEMY

「わたしは先生で、きみは生徒だもんね
しっかり教えてあげないと……」

2008年12月発売
イラスト／SAIPACo.
舞台となった地域：
ラルフィント王国
トード魔法学園

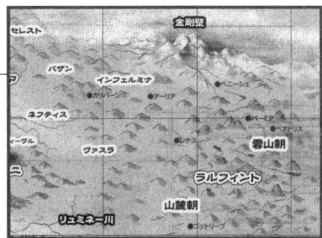

STORY

ラルフィント王国の名門魔法学園に入学したケーニアスは、そこで美しく聡明な女教師パールパティに一目惚れ！ 少年の猛烈なアタックの末、先生と生徒の禁断の関係を超えて結ばれる二人。しかし、いつの間にやら幼馴染みや生徒会長にも告白されてしまい――？

シリーズ異色の学園ラブコメ 東方老大国の学舎に恋の魔法が乱れ飛ぶ

現時点でシリーズ唯一の学園ものだ。舞台が舞台なだけにこの世界の魔法原理については本書を一読すれば概ね把握できる。それはさておき、少年少女たちの学園生活を彩るは、媚薬てんこ盛りのティータイムにスライム召喚と、溢れんばかりのエロ魔法ギミック。

女教師を縛り上げて魔法バイブをぶち込むケーニアスの何と楽しそうなことか。バージニアも、まさか自分が発明した淫具が東方の悪ガキに使いこなされるとは思ってもいなかったはず。そして、合意の上で教え子の責めを受け入れるパールパティの被虐美もまたよし。この美しさの前では「痴女やん！」という突っ込みは為す術もなく力を失うのである。

Character PickUp!

エリンシア

「はんっ、いい、イイイイイイイ、だめぇぇぇ、これだけでぇぇぇ、溶けちゃうよォォォォォッッ!!!」

悶絶している二匹の牝たちを見下ろして、ケーニアスは自らの発明に酔いしれた。「うわ、センセイもセンパイも、シアもエッチだ。よし、この魔法を使えばもう怖くないぞ。三人まとめてぼくのものに――くぅ……もう限界……出るっ！」

地方豪族の娘でケーニアスの幼馴染み。一回デレると凄まじかった天然ツンデレ娘。

ここが見どころ！

エロガキのチンポとスライム触手を交互にぶちこまれてイキまくる女教師と教え子約二名。

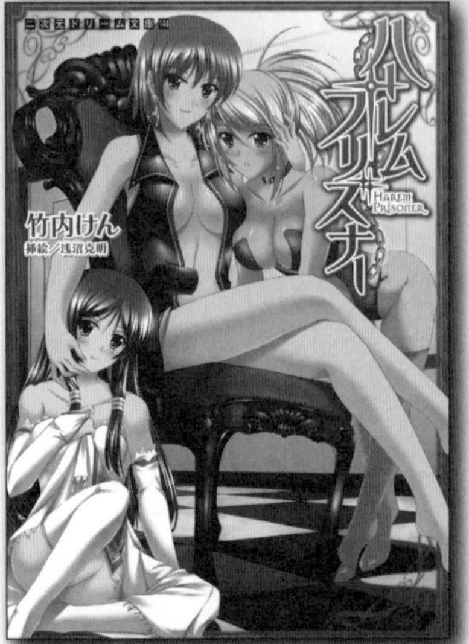

ハーレムプリズナー

「うふふ、ようやく手に入れたぞ。おまえはわたしのものだ」

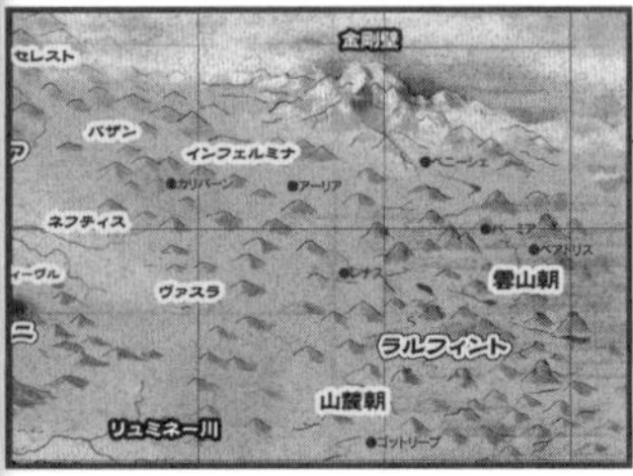

2009年12月発売
イラスト／浅沼克明
舞台となった地域：ラルフィント王国南部

STORY

敵軍の女将ネメシスの捕虜となってしまった若き勇騎士ヘリオード。その武勇を買われて彼女の部下になるよう誘われるが、義理堅い彼は断固拒否。それがネメシスの女王様気質に火をつけることに！ 恥辱と肉欲にまみれた捕虜生活が始まる!!

三食昼寝付きでサドっ気たっぷりの女将軍に監禁されて、足で扱われては「素直にわたしのものになれ」と罵られ、ペニスを舐めしゃぶらされては「強情なやつだ」と呆れられ——こう書くとヘリオードがただの羨ましい男にしか見えないのだが大体間違ってもいない。

結局、これは男と女の意地の張り合いの物語なのだ。ヘリオードは山麓朝への忠誠を貫こうとしてネメシスに挫かれた。それでは彼女が貫こうとした意地とは？ おまえはわたしのものだとやっと手に入れた。

彼女が結末近くで口にしたこの言葉が静かに胸に迫ってくる。おまえはわたしのものだ——これからもこのど甲斐性持ちのお姉様は愛しい人に寄り添っていくのだろう。

【緩募】女王様に踏まれて扱かれて尿を飲まされたい方／【ドM御用達の一作】

「はぁ——……ひぃ、そんな左右同時なんてぇ——」女の身体は女がよく知っているところだが、武将者のカディを責めるのは実に的確だった。お嬢さまのシャーミーナも、勃起した乳首を吸ったり、舌先で弾いたり巧みに弄ぶ乳輪を舐め回したり、「ひぃ、ひぃ、ひぃああ——」クールで冷酷非情な女もこうなってしまうのである。

Character PickUp!
ドゴール家当主 ネメシス

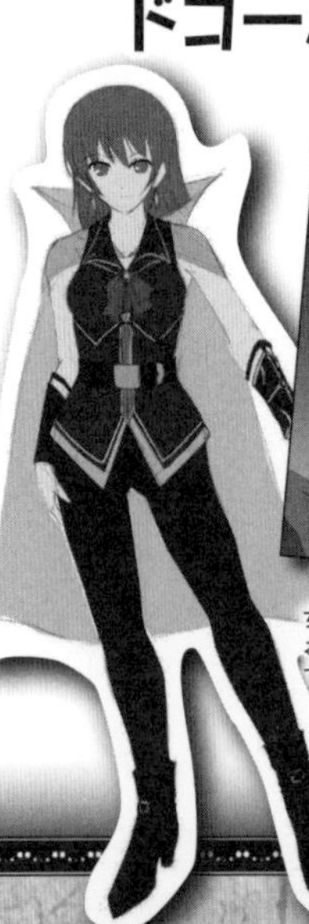

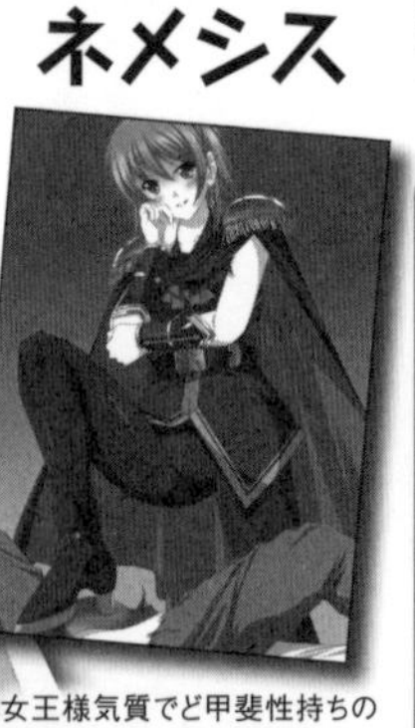

女王様気質でど甲斐性持ちのお姉様だが意外と貧乳を気にして牛乳を飲んでいるらしい。

ここが見どころ！

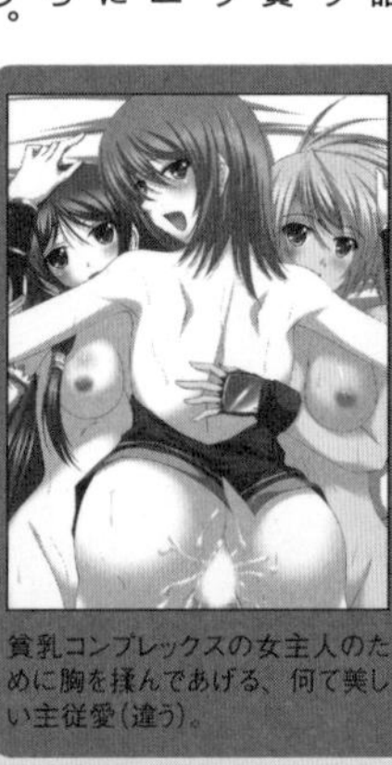

貧乳コンプレックスの女主人のために胸を揉んであげる、何て美しい主従愛（違う）。

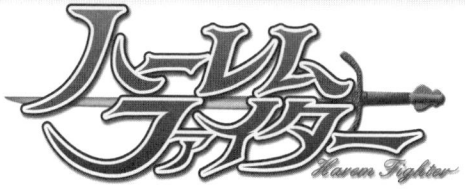

ハーレムファイター
Harem Fighter

「きみは私たちの玩具になったのよ。
もっと気持ちよくしてあげる……」

2008年4月発売

イラスト／浅沼克明

舞台となった地域：
インフェルミナ王国
交易都市アーリア

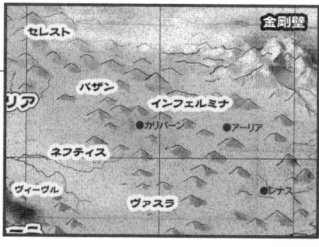

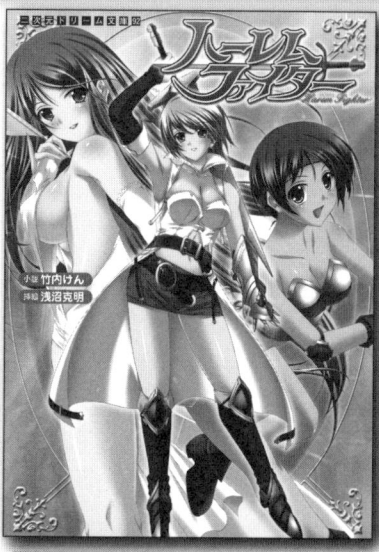

STORY

夜盗の襲撃で天涯孤独の身となってしまった少年・クローシュは、傭兵団に入団する事になったが、何とそこは男子禁制美女だらけ！　夜ごと過激なお肌の交流を繰り広げるお姉様たち。そしてついにクローシュにもお誘いがかかるのだが……!?

女だらけの傭兵団で繰り広げられるお姉様たちとのドキドキ共同生活

お堅く一本気で、男嫌いの噂のある団長・エリエンヌ。色気たっぷりに少年をからかい倒す副団長のお姉様・カトリーヌ。そして少年と女友達として付き合おうとしてしまう無邪気な元気娘・リーズ——。

ひょんなことから女傭兵団に飛び込んでしまった少年を迎えるのは、性格もプロポーションも全く異なる美女たち。団長の凛々しさも、副団長の妖艶さも魅力的だが、私的に一押ししたいのがホットパンツ姿が眩しいリーズの生真面目さ。クローシュが男であることを知ったときの反応は爆笑ものだった。紆余曲折を経て備品（？）として傭兵団に迎え入れられた少年は、今日も肉バイブとして頑張っているのだろうか。

Character PickUp!

『雷の小手』団長 エリエンヌ

女性傭兵団を率いる凛々しいお姉様。魔法剣を操る優れた戦士で、男嫌いを噂されていたが——。

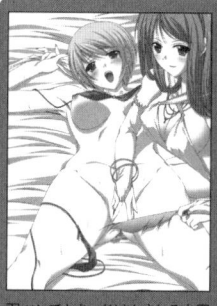

ここが見どころ！

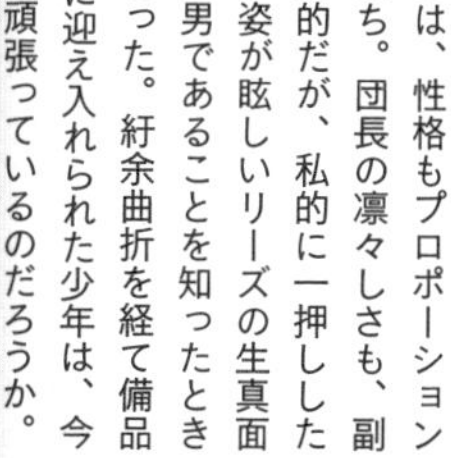

羽ペンでおちょくりまわされる女団長——ではなく、新入り団員のための女体特別講習です。

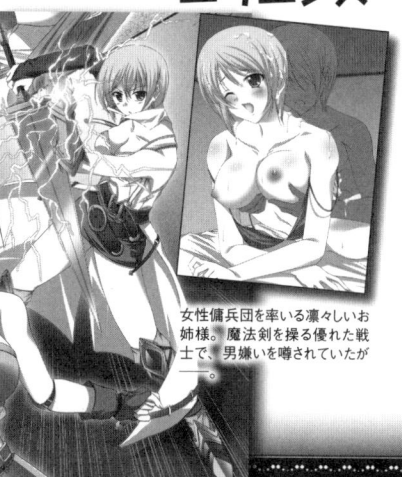

ペン先がツンツンと突起を突っついた。
「はうぅ！」
たまらずエリエンヌはびくんと腰を跳ねさせた。
「ごらんのとおり、団長のような強い女でも、ここは急所。歯を立ててきたりする男がいたら、その馬鹿の鼻の頭を蹴りつぶしていいわ。その代わり、舌先で優しく舐めまわされたら、女にとって天国よ」
「わ、わかりました……」

ハーレム♦クライシス
The Legend of Harem Crisis

「構わないさ、望むままに
　　わたしの身体を征服するといい」

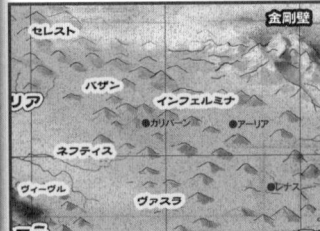

2008年8月発売
イラスト／龍牙翔
舞台となった地域：
インフェルミナ王国

STORY
大国ドモスの侵略により敗走する王子アリオーンは、美しき忠臣である女騎士・ケイトと共に祖国奪還を誓う。しかし、追いすがる魔性の女将軍、老獪な貴婦人、そして幼馴染みの令嬢の誘惑が待ち受ける！　大義と煩悩、王子はどちらを選ぶのか!?　それとも……？

Character PickUp!
"爆炎の赤獅子" ケイト

アリオーンの乳姉妹。クールな女性だが、主君の事になると烈火の如く熱くなる。

**大陸史の節目に立ち会った少年王
戦乱の地に快楽の嵐が乱れ舞う**

大陸史における最大の戦争、百日戦争勃発までを描いた重要作品であり、また否応なしにその荒波に巻き込まれることになった少年王の性長やら成長やら性長を描いた物語である。精通もまだだったアリオーンが「あのさ、ケイト……ぼくとセックスしてみない？」「グレイスにはこれからヒィヒィ鳴いてもらうから覚悟してよ」と女性たちを元気よくコマしていく様子はなかなか頼もしい。
登場する四人の女性それぞれが本当に名を体で表したかのような「いい女」なのだが、私的にはフリューネおばさまの微妙な年甲斐のなさが好きだった。是非娘共々に再登場して親子丼を展開して欲しいものである。

ここが見どころ！
逃避行の中で絆を深める主従。それにしても国宝級おっぱい独り占めとは何と羨ましい。

「ああ、ケイトっ！ケイトはぼくのものなんだからね。このおっぱいも、おま○こも、どこもかしこもぼくのものなんだからね。これからもどこにもイッちゃダメだよ！」なんとも子供っぽいことを叫びつつ、モミモミと乳房に精液を揉みこみ、爆発しそうな逸物を振りまわす。
「ああ……殿下……あんっ♪　わかっております！　殿下……あんっ　あんっ　あんっ　ケイトは殿下のものです……あんっ　あんっ」

38

ハーレムデスティニー
Harem Destiny

「ご亭主殿を我が生涯の主君として
お仕えさせていただきます♥」

2010年6月発売

イラスト／龍牙翔

舞台となった地域：
インフェルミナ王国

竹内けん
挿絵／龍牙翔

STORY

辺境の村の青年ライラックは、流浪の女騎士を自宅に泊めたりと平和に日々を過ごす有徳の士。しかし軍が徴兵のために村を訪れたため、村を代表して兵に志願する。青年は、女騎士シャロンや幼馴染みのパメラとともに、波乱の運命に導かれていくことに！

Character PickUp!

シャロン

百日戦争中にライラックの屋敷を食客として訪れた放浪女騎士。優れた魔道剣の使い手。

『クライシス』と表裏をなす名作登場
青年村長が見つめたもう一つの百日戦争

ハーレムシリーズには、いくつか同じ時期を舞台にした作品があるが（一例は『キャッスル2』と『システー』）、その最高の組み合わせがこの『デスティニー』と『クライシス』だ。鮮やかに時系列が重ね合わされており、本作の第五章冒頭から『クライシス』の第六章を読み返すとしみじみうまいなと思う。

嬉々としてライラックを逆レイプする将軍・レイリアも、幼馴染みに果敢にアタックするパメラもそれぞれに魅力的だが、やはりメインを張るのは謎の女騎士・シャロンだろう。大切な人との絆を深め、成長していく様は、『クライシス』で描かれた彼女の妹・ケイトの道行きと同じものを感じさせる。

ここが見どころ！

「や、やめて、指は入れないでっ、やぁんっ♪」
「何を言っている。お前は大好きなんだろ」
どうやらレイリアは容赦なく肛門に指を押し入れたようだ。
ぷるりっとシャロンの全身が震えて、膣洞以上にぎゅんぎゅんと閉まる。
「くっくっくっゴリゴリしているな。お前のアナル越しにもご主人様のお大事の形がはっきりとわかるぞ」

普段は凛々しいが、性が絡むと急に弱気というか、弄られ体質となるシャロン。

ハーレム レジスタンス
Harem Resistance

「おまえのことはわたしが誰よりも知ってるんだ。おまえの悦ばせ方もな」

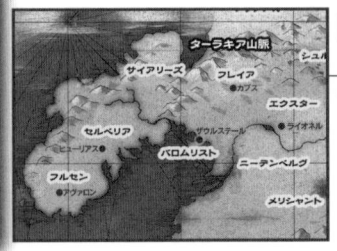

2009年4月発売
イラスト／かん奈

舞台となった地域：
西方半島三ヶ国
サイアリーズ
セルベリア
フルセン

著／竹内けん
挿絵／かん奈

STORY
エルフィンは女将軍ヴァレリアの配下兼恋人として戦で活躍していた。しかし不当な罪を着せられ、処刑を宣告されてしまう。その窮地を反乱軍の女リーダーに救われたことから、彼はレジスタンスを率いていくことに。お互いに敵となった二人の愛の行方は!?

若き西方半島の覇者の青春
敵同士となった恋人たちの戦い、そして愛

主人公のために、一生パンツを穿かないと誓う少女・ナターシャの登場が大きな反響を呼んだ話題作——という冗談はともかくとして、『ハーレムジェネラル』と双璧を成す戦記ものハーレムの名作である。

見所は終盤のミドルガルド平原の戦いの迫力であったり、結末でエルフィンが見せる覚悟だったりするわけだが——ヒロイン三人が過去と決別していく様にこそ、大河歴史Hロマン小説としての真骨頂があるのではないだろうか（211ページでヴァレリアが呟いた呟吟にどれほど痺れたことか）。

荒涼とした西方半島、愛と戦いに己を賭ける乙女たちの姿は少しく哀しく、そして美しい。

Character PickUp!
"紅蜘蛛" レイテ

反セルベリアレジスタンスの一員。悲恋の過去を物ともせずに活躍する妖艶な後家さん。

ここが見どころ！

「あれ？ヴァレリアさま、じつは乳首弱いみたいですね♪」
「くっ……」
ヴァレリアは悔しそうに呻く。
「どうしました、ヴァレリアさま。ヴァレリアさまの乳首、すごい勃ってますよ。もうこりこりです」
女性の乳首は勃起してからが敏感だと知っているエルフィンは、さらに強く扱き立てる。上下左右に弾き回した。
「あっ、あっ、あっ……！」

一度は敵味方に分かれた大天使との再会。敏感な乳房にじっくりねっとりと己を刻みつける。

40

ハーレムジェネラル
THE REGEND OF HAREM GENERAL

「わたしは閣下にこうやって
愛でていただけると、凄く幸せです♥」

2010年10月発売

イラスト／かん奈

舞台となった地域：
フレイア王国

STORY

フレイア国王の甥である青年リュシアンは、望んでもいないのに一部隊を率いる将軍にされてしまう。しかしその部隊は、かつての恋人の副官に軍師、女武将ととびきりの美女揃いだった！ リュシアンは彼女らとともに、敵国フルセンとの戦いに挑んでいく！

率いる部隊は一癖も二癖もある美女揃い
陽気な智将を迎えた衝撃の結末とは

もう一つの戦記ものハーレムの傑作。戦争解説コーナーの「ターラキア戦役」でもちらっと書いたが、『レジスタンス』を読んだことがある方は必読だ。絶対に。

エロ小説としては、リュシアンを嫌い抜いていたのに「生でビュウビュウお願い。子宮に、子宮に浴びせて！」と叫ぶまで惚れ込むクリスティーナがメインヒロインなのだろうが、自分としてはどうしてもオルタンスについて語りたくてしょうがない。戦役中、一貫して手の掛かる後輩を副官として支え続けた姐さん女房ぶりは微笑ましく——そして、衝撃の第五章であくまでリュシアンと運命を共にしようとする姿にちょっとだけ涙腺を刺激されてしまった。

ここが見どころ！

「まったく、亡命将軍なんて、難しい立ち位置の女までしっかり調教しちゃってさ……ほんと見境ないんだから」
ジョリーに文句を言いながらもオルタンスはマージョリーの左の乳首に吸いつく。
「あ、あ、そんな！？ 同時に左右の乳首を吸われるなんて……ああ、気持ちいいいい、乱交体験はないですし、極悪テクニックに戸惑った熟女も、いつしか女たちの頭を抱き、両腕を伸ばして自らの乳首に吸いつく女たちの頭を抱く。

戦後の疲れマラを癒やす美女部隊の面々。……肋骨三本折れたあとにお盛んなことで。

Character PickUp!

オルタンス

リュシアンの副官にしてかつての恋人。頼りない上官を辛抱強く支える眼鏡美人。

41

黄金竜を従えた王国─上巻
美姫陵辱

「覇王の后」口に出してから
背筋を冷たい戦慄と興奮が駆け抜ける。

2000年2月発売

イラスト/せんばた楼

舞台となった地域：
ドモス王国
クラナリア王国

STORY

大国として名を馳せるクラナリア王国の王女アンサンドラに縁談が持ち上がる。相手は北方で急速に勃興してきたドモス王国の若き国王ロレント。期待と不安に胸を高鳴らせながら北に向かった美姫を待ち受けていたのは残忍な淫獄の宴だった―。

Character PickUp!
クラナリア王国第二王女
アンサンドラ

淑やかな美姫だが、冷静な判断能力の持ち主であり、そして意外と野心家な部分もある。

**シリーズのもう一つの原点
ドモスに嫁いだ美姫を迎える淫らな運命**

ハーレムシリーズに連なる世界を描いた記念碑的第一作。蛮国に嫁いだ美姫を迎える淫らな洗礼――というとアダルトファンタジーのお約束だが、この作品が一味違うのはそのお姫様がちょっぴり野心家で、蛮国の王様に本気で惚れ込んでしまっていることだ。ナジャやドミニクといった、ドモス独特のあけっぴろげで淫らな女性たちと対等に口を利くようになっていくかアンサンドラ。濡れる蜜壺を弄り開発されながら、いつしかロレントと共に歩むことを決意する美姫。彼女には、確かに"血塗られた毒婦"という二つ名が相応しいのかも知れない。

ここが見どころ！

ドモスに到着早々女性器の品定めをされる美姫。しかしこれはまだ淫獄の序章でしかなかった。

「……」
苦痛と快美にアンサンドラは、ドミニクに押さえられた秘部を中心にのけ反った。「ほう、驚いたか。ルーシーのときもそうだったが、アンサンドラは愛液の多い体質らしく、本人の意思とは関係なくあふれてくる」
「スケベな娘よ。感度のほうはどうかしら」ドミニクは愛蜜を掬いあげると、親指で肉芽を押さえながら、中指で肉襞をかき分け、膣口に指を入れた。

42

黄金竜を従えた王国─下巻
麗妃紅涙

「さあ来なさい、蛮族ども。地獄で
わらわの愛しい人にわびるといいわ」

2000年3月発売

イラスト／せんばた楼

舞台となった地域：
ドモス王国
クラナリア王国

STORY

緒戦でクラナリア軍を破り、勢いに乗って同国深部に進撃するドモス王国軍。最後の牙城、王都カーリングで迎え撃つはアンサンドラの姉、クラナリア第一王女バージニア。乱れ飛ぶ血しぶきと魔法、白濁と愛液。ここに大陸史を変えた戦いの火蓋が切られる。

Character PickUp!
クラナリア王国第一王女 バージニア

アンサンドラの姉にして稀代の魔法狂。のちに大陸各地で活躍する魔法バイブの発明者。

北の破軍vs王都の魔法狂
決戦の地は白壁と花の都カーリング

例えば、『ハーレムジェネシス』を読んでからこの本を手に取った読者は、あのカーリングでかくも壮絶な籠城戦が行われたことにびっくりするのではないのだろうか。そしてまた、あのヒロインたちをかくも過酷な運命が襲っていたことに。ドモス、クラナリア双方で乱舞する美女たちの艶姿も最高潮に大陸の運命を変えた攻城戦が始まる。

上巻の看板を張るのは姉のバージニアである。クライマックスのHシーン、カルナップによるバージニアへのねっとりとした愛撫と陵辱は上下巻の濃厚な濡れ場の中でも白眉といってよいだろう。

ここが見どころ！

ほんのりと漂う汗の匂い。カルナップは乳首を口に含むと、舌を転がすように舐めた。コリコリと心地よい弾力を伝え、乳首はたちまち、夢中で吸い付き、何度も両方の柔らかな膨らみに顔を埋め、乳首を唇に挟んで引っ張り、甘い匂いをむさぼった。

「く……」

バージニアは、懸命に喘ぎを押さえ、奥歯をかみしめていた。

猿ぐつわで魔法を封じられ、なすすべもなく豊乳を弄ばれるバージニア。

女王汚辱
鬼骨の軍師

オルシーニとサブリナ、両国が戴く
見目麗しき女王と戦女神の奇妙な邂逅

2000年10月発売
イラスト／せんばた楼

舞台となった地域：
オルシーニ王国
サブリナ王国

STORY
戦乱に荒れる大陸にありながら平和を謳歌するオルシーニ王国。しかし王の急逝によって新王に即位したのは、わずか十八歳の美麗な王女、マリーシアだった。汚れを知らぬ純粋な彼女に、隣国サブリナ王国の女傑・ヴィシュヌによる侵攻という試練が降りかかる。

Character PickUp!
サブリナ王国女王 ヴィシュヌ

南のロレントとも称される当代きっての女傑。女好きかと思えばバイセクシュアル。

華やかに疾駆する女騎士団と天才軍師の戦い

のちに大陸南部を席巻する、二重王国成立のきっかけが描かれる重要な一冊。戦略歴史小説としても読み応えのある快作――であるがH小説としては大戦の裏で暗躍する忍同士の駆け引きと、エロエロな拷問シーンを要チェックだろう。

戦の終わり間際、セリューンの罠にもののみ事に引っ掛かり、三角木馬、剃毛、そしてガチョウの羽でのくすぐりと多彩な責めに悶えまくる若きクノ一・カルラの姿は実に可憐で、何度読んでも股間を楽しませてくれた。ちなみに、本作で活躍した戦乙女の何人かは、『ハーレムシャドウ』で変わらぬ勇姿を見せてくれている。興味のある方は是非ご一読を。

ここが見どころ！

カルラが半死半生の態で喘いでいるな か、ヴィシュヌは顔をあげ、その場にいるもうひとりの愛人に振ってヴィシュヌ豊満にして肉感的な尻を振ってヴィシュヌがじんわりとあふれ出している。その割れ目からは甘い蜜液が浮かべたシャリエラは、身を飾る軍服を脱いだ。「シャリエラ、そこで見学してないで、わたしにいつものちょうだい」仕方ありませんね、と言いたげに微笑を浮かべたシャリエラは、身を飾る軍服を脱いだ。

女王は受けにも責めにも貪欲な快楽主義者。自らの欲望を抑えることなく発散する。

44

ふたりの剣舞

「我が一門の力を侮る者には
　それに相応しい死をくれてやるまで」

2001年9月発売
イラスト／B-RIVER
舞台となった地域：
ラルフィント王国

女剣士の矜持が崩れ落ちてゆくシリーズ最凶の魔術師が仕掛けた淫獄

ハーレムシリーズで活躍する多くの女性剣士の師匠、イレーネの若い時代を描く好編。凛とした剣士の矜持がぐずぐずと抉り取られてゆく趣向を読みたい方には是非お薦めしたい。媚薬を注ぎ込んでの放置プレイなど魔術師・ヴラットヴェインの底意地の悪い責めが全編を彩るが、とりわけ、このページでも紹介している淫具責め、スライム責めは、淫具を斬り裂くことも拭い去ることもできない彼女のもどかしげな仕草が実に劣情をそそる。

イレーネとミリアはこの後も剣客として活躍。特にイレーネは『ハーレムキャラバン』でドモスの女剣士に圧勝しているところを見ると、長きに渡って剣技と健脚を振るったものと思われる。

STORY

「剣聖」と称される女剣士であるイレーネとその妹弟子ミリアは、日々剣の修業に明け暮れていた。あるとき回国修行の旅にでたミリアは、その魔術師ヴラットヴェインの奸計によって捕らえられ、魔術と性技に魅了されていく。そしてその魔手はイレーネにも──。

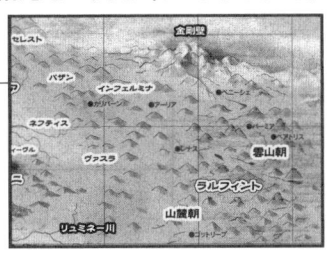

Character PickUp!
花流星翔剣宗主
イレーネ

剣聖とまで称される凄腕の女剣士で、一大陸各地に多数の弟子を持つ。実は大の甘党。

ここが見どころ！

「うんうん、よい眺めです」

濃紺のストッキングからガーターベルトの張りついた白い太腿。イレーネがこの旅にこの色のショーツを穿いて出られたのは、汚れが目立たないようにというよりはまだ実用的な理由であったが、白い肌の色とはいえ反好の色、イレーネの素肌をより艶やかに見せている。

「くっ」

スライム責めに焦れるイレーネ。濡れるストッキングと内股気味の仕草がグッド。

ハーレムシリーズ全作品
キャラクター紹介＆主要人物相関図

シリーズに登場する全てのキャラクター(集めに集めたりで総勢236名！)を独断と偏見に満ちた解説付きでご紹介。あまりの系図の錯綜の仕方に何度もくじけそうになったことか……このコーナーを考えた我が身を呪いたくなるほどに絢爛な相関図をとくとご覧あれ。

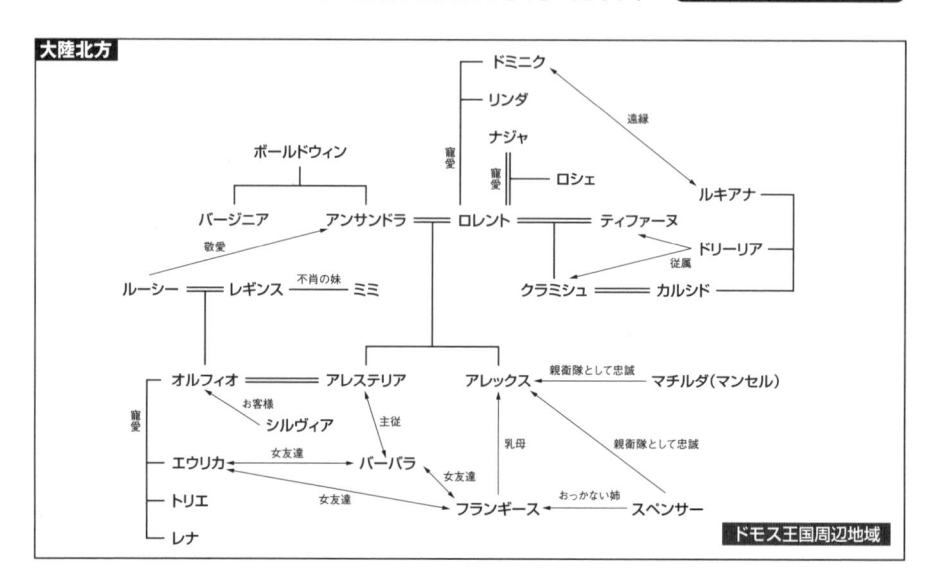

系図構成：二次元ドリーム文庫編集部

大陸北方

```
                            ドミニク
                             リンダ
                             ナジャ ──遠縁── ルキアナ
        ボールドウィン      寵愛│  │寵愛
                             │   ロシェ
   バージニア ── アンサンドラ ── ロレント ── ティファーヌ ── ドリーリア
        │敬愛       │不肖の妹              │従属
   ルーシー ── レギンス ── ミミ        クラミシュ ── カルシド

        オルフィオ    アレステリア    アレックス ──親衛隊として忠誠── マチルダ(マンセル)
   寵愛│   お客様│      │主従        │乳母
   エウリカ ── シルヴィア  バーバラ    親衛隊として忠誠
     │女友達         │女友達
   トリエ         フランギース ──おっかない姉── スペンサー
     │女友達
    レナ
```

ドモス王国周辺地域

【ドモス王国周辺地域】
関連作品：
『黄金竜を従えた国』上下巻
『ハーレムキャラバン』
『ハーレムジェネシス』
『ハーレムウェディング』
『妖姫リンダ』
『餓狼の目覚め』

ロレント
言わずと知れたドモス国にして北の覇王。よくぞまあ大陸のド田舎からわずか四半世紀でここまで勢力を広げたものです。征服地の姫君を自分の側室にしており、寵姫の数は千を越えるとかないとか。

アンサンドラ
旧クラナリア王国の第二王女。ロレントに嫁入りし、ドモスのクラナリア攻略の糸口になってしまう。本人もそれも更に気にしていないのではと思ってしまう。意外と野心家だったり。母親の勤めはしっかり果たしている。生娘の時はやや薄い。

ルーシー
アンサンドラの側近。紆余曲折を経て現在は旧シュルビー王国地域で反ドモスのゲリラ活動に抗戦した旧クラナリア王国屈指の女傑。最後までドモスに抗戦した旧クラナリア王国屈指の侍女。

ドミニク
シリーズで唯一のピンヒロイン経験者。ロレントの筆下ろしをした。父親は中原のど田舎の出身で、生粋のドモス人ではない。その環境をみるとけっこう苦労人なのだろう。好奇心から処女を奪われてしまった。その後も色々と苦労があったらしく、すっかり擦れた精神を病むように見受けられる。彼女の周りには毒電波が飛び交っているようにも思えるが、今や侍女として真面目に仕えていていたら、ヤンチャ盛りのロレントに、優しいお姉さんだったのに、足が入るほどに拡張されてしまっている。不憫だ。

ナジャ
ドモス王国の飛龍将軍にしてロレントの寵姫の一人。気っぷのよいお姉様。今日も飛龍部隊のレズグループで楽しくやっているとか。鍛えられた括約筋での締めつけはなかなか。

ラ一筋の罪作りな女丈夫。豪商レギンスと結婚した後も息子や旦那も放りっぱなしで非常な剛毛。馬にも乗ってくれているせいでアンサンドラに下賜されている。

大陸北方

バージニア
旧クラナリア第一王女。アンサンドラの姉にして優秀な魔女——というか稀代の魔導バイブの発明者。カルナップにバージニアを陵辱し己のものにする。魔導剣の使い手。

カルナップ
ドモス王国の傭兵将軍。旧クラナリア征服でバージニアを陵辱し己のものにする。魔道剣の使い手。

ロシェ
ロレントとナジャの間に生まれた息子。のちに大陸各地で活躍する魔法狂。百日戦争後、オルシーニ・サブリナ二重王国との講和の人質に出されたことがある。

ボールドウィン
旧クラナリア王国の大将軍。旧クラナリア王国最後の国王。ルーシーの父。アンサンドラ屈指の戦巧者ながらアンサンドラとバージニアの王都カーリング陥落後に服毒自殺。

アルバレ
旧クラナリア王国の近衛将軍にして第一王位継承者。ルーシーの恋人。次期国王候補だが、コールラル平原でロレント軍に敗れ戦死。

マデリーン
旧クラナリア王国のかつての王女。アンサンドラの姉にして……頑張ったが、コールラル平原でバージニアに敗れ戦死。

動を展開する。そうか、二十年以上も頑張っているのか……

との一騎打ちの末に戦死。ルーシーの元恋人でもある。何よりも主役でもないのに、主要人物二人の処女を奪っている凄い人。

スチュアート
旧クラナリア王国の宰相。王都カーリング陥落時に戦死。

カモミール公爵夫人
旧クラナリア王国の右府将軍。コールラル平原での飛竜部隊の強襲を受け戦死。アルバレとの浮いた話もあったらしい。

ホーパード
旧クラナリア王国の左府将軍。コールラル平原での敗北後、ロレント軍門に下る。

ニースケンス
旧クラナリア王国の次男。フレイア戦役後、同地の総督となったヒルクルスの目付となる。

デュブック
旧クラナリア王国の外務大臣。後にアレックスの政治方面教育係を務める。

メイドリー
旧クラナリア王国の財務大臣。フランギースとスペンサーの父。

ウルダルグ
アルバレの副官。カーリング攻略戦で戦死。

ゾーラル
旧クラナリアの老将。カーリング攻略戦で壮絶な敗死を遂げる。

略戦でバージニアの護衛中に戦死。

トーチェ
シグザールを補佐する老臣。コールラル平原の戦いで戦死。

バーンズ
ドモス王国の若手将軍。ドミニクに金玉を噛み千切られて、カーリング攻略戦で凍りづけにされたりと散々な目にあったが一応ボルクの右将として無事活躍している模様。

ハウバル
旧エクスター王国国王。無定見な戦略によって、国力を使いたす。

ボルク
旧シュルビー王国の騎士。同国がドモスに征服された後はドモスの真似事として山賊カーリングへの密使を助ける。

**シャムロック
クライバーン
オルドレイク**
エクスター三名臣。

レベッカ
オルドレイク公の娘。ドモスのエクスター攻略軍をよく迎え撃ったが、最後のニ穴を魔法バイブでたっぷり開発されてしまった。

ヴェルナー
リンダに付き従う老武者。天を突く岩のような巨漢、寡黙でありドモス将兵すらも圧倒した。

リュミシャス
旧シュルビー王国出身のドモス将軍。百日戦争で戦死。

ヴァティストゥータ
シグザールの父。ビグシー族出身のドモス将軍。ロレント幼少の頃から側近を務めよき兄貴分として仕えた。「ドモスの勇将」として名を馳せる。カルシドとの戦争で戦死。

シグザール
腕腕の勇将としてロレントを神の如く崇拝している。

クブダイ
ロレント幼少の頃から側近を務め、自分の足で歩いた歩数よりも馬に乗って駆けた歩数の方が多いらしい格極悲姫。毒牙にかかった娘はドモス国内でも数知れぬと。後にアレックスの叔父に。

アルメイダ
ドモスの古参将軍。生粋のドモス人、自分の足で歩いた歩数よりも馬に乗って駆けた歩数の方が多いらしい格極悲姫。毒牙にかかった娘はドモス国内でも数知れぬと。後にアレックスの叔父に。

ステフェン
ドモスの老将軍。ロレントとアンサンドラの政略結婚を主導した。

リンダ
ステファンの孫娘にしてロレントの寵姫。可憐な外見とは真逆の性格極悲姫。毒牙にかかった娘はドモス国内でも数知れぬと。

● 「ハーレムキャラバン」
「ハーレムジェネシス」

アレステリア
アンサンドラとロレントの長女、ドモス王国第一王女。つくづくあの両親からしてよくできた娘が生まれたことを思う。ルーシーは結婚後もアンサンドラバカップルにやられて何かと充実している肉欲でしょう。初体験でオルフィオに悶絶させる。

オルフィオ
ドモス王国の大富豪・レギンス商会の御曹司。ルーシーの息子。アンサと結ばれた娘が生まれたらしいが、何か宿命を感じる。

シルヴィア
カーリング城下の妓楼「雪虫」の売れっ子芸妓。メリシャント王国お姫様ドロシー。

エウリカ
オルフィオの教育係を務めていたレギンス商会の美人副支配人。大量にあった結局真相は謎の天井。

バーバラ
オルフィオ商隊に参加している美人戦士で、ずば抜けた剣術の使い手。エウ

カズノコ天井。

47

トリエ
オルフィオの商隊のメンバー。明るく元気な美少女。レナよりも心持ち広めの田舎出身らしい。レナの膣道。

レナ
オルフィオの商隊のメンバー、経理担当の毒舌家。カーリング出身のパイパン。

レギンス
オルフィオの父にして大陸屈指の豪商。豪放磊落な小父様。

アレックス
ドモス王国の第一王太子。父王ロレントの漁色ぶりに反発して女性色になった少年。一度乱交の味を知ったらやめられなくなっちゃったお猿さん。将来はちょっと不安を覚えないでもない。

フランギース
アレックスの乳母。物事を完璧にこなす才媛。アレックスを猫可愛がりしていたが、度が過ぎて色々と空気が読めていなかった。

濡れ方が補って余りある。膣圧は強いが「リカ、フランギースは飲み友達。酔うと「シヨ！」「レズ！」「シヨタ！」とからかい合っていたのだろうか）。破瓜が遅かったせいか蜜壺は硬め。

エウリカとは友人同士で片眼鏡は彼女の影響。

マチルダ（マンセル）
アレックスの傍らに付き従う騎士。寡黙な美丈夫。マデリーンの遠縁だそうだが、バージニアの叔父と何らかの縁か。ざら襞で締めつけ良好。衆道役として掘られているうちに目覚めてしまった漢女。

ユーディ
大陸北方、ナウシカ王国出身のお姫様。純朴ながらも正室に相応しい世知としたたかさを体験時から少女でしたとさ。柔襞で初心者のアレックスとの相性がよかった。

スペンサー
王太子親衛隊長でフランギースの弟。おっかないお姉さんの無茶ぶりに応えつつ、よくアレックスを補佐している。将来は苦労人になりそう。

ベロニカ
鳳凰神社の巫女を務める聖女。愛液の垂れ流ししぶりがすごい。

ルシアナ
旧シュルビー王国の末裔の公女。カーリング城下で評判の茶屋『苺の森』で働く小町娘。

モニカ
カーリング城下で評判の茶屋『苺の森』で働く小町娘。

エクレール
ドモスの王太子親衛隊女騎士。アルメイダの孫娘。

グラヴィア
アレックスの次席女官。セレスト地方の名門貴族出身。

メルビィ
アレックスの侍女。包容力のある苦労人タイプ。

サファイア
カーリング城下の妓楼『雪螢』で禿を務める芸妓。シルヴィアの一番弟子。

フローリナ
アルメイダの妻にしてアレックスの乳母。生粋のドモス女。

カルシド
クブダイの次男坊で、武勇にも秀でた少年騎士。優れた才覚を見込まれてラミシュと結婚することとなる。義父を持った苦労人なんだが彼ならやって頑張っていけるだろう。

●『ハーレムウェディング』

ティファーヌ
ドモス王国辺境のヴィーヴル領主にしてロレントの一寵姫。おっとりした雰囲気で周りの者を包み込むらしい。若い頃は結構じゃじゃ馬だったらしい。熟れた肉襞でカルシドに女を教える。

クラミシュ
ティファーヌの娘。カルシドの婚約者のち人妻。父王ロレントの漁色家ぶりを知る貴婦人になっている……将来は母のような貴婦人になる……のか？耳が性感帯で濡れやすい体質。に、極度の男性不信になっている。

ルキアナ
カルシドに仕える魔法戦士。裸に剥かれて首輪一つで引き回されてもいいくらい彼に惚れ抜いているでしょう。寵姫になれてさぞや幸せだったでしょう。ちなみに彼女ドミニクの遠縁。クラミシュに負けず劣らず濡れやすい体質。

```
大陸北方

                パメラ ──幼馴染み── ライラック ──そりが合わない── レイリア
                                           │
                                           │ 一宿一飯の恩義
                                           │
                                         ロゴス
       大伯父                                │
グレゴール                                  シャロン
  │                                          │
  │孫娘                    雇う              │
  │         ロザリエ                       ケイト ──不倶戴天の敵
  │              │大好きでたまらない         │忠義       │
グレイス ──────── アリオーン ←押しかけ寵姫── マディア
                        │故郷奪回に協力   かつての愛人の息子
  │                     │
エリエンヌ              フリューネ
カトリーヌ                  │
リーズ                      │
クローシュ                ヴィオール
『雷の小手』小隊

                                      インフェルミナ王国
```

●『インフェルミナ王国周辺地域』

関連作品：
『ハーレムクライシス』
『ハーレムデスティニー』
『ハーレムファイター』
『ハピネスレッスン』

ドリーリア
日常生活でも戦闘時でも巧みにクラミシュをサポートする女騎士――にして母娘の舐め犬。黒のレザースーツがよく似合うブロンズ美人。筋肉質で締まりのよい肉道を持つ。

ケイト
インフェルミナ王国の王太子。まだまだ幼くして、忠義の女騎士クールで落ち着いた女性ながら、主君の事になると烈火の如く熱くなる。曰く、アリオーンを逃避行で大分キャラが変わった。国宝級おっぱい。

アリオーン
『ハーレムクライシス』『ハーレムデスティニー』の主人公。子供らしいところが抜けきらない童貞少年だったが、そこかしこでえらく肝の据わった一面を見せた。

メディア
ドモス王国の女将軍。飛龍に操り、ミミズ千匹、アリオーンをひたすら追撃しまくっ

フリューネ
ブルアリ領を統べる、妖艶な美貌を誇る熟女で、様々な貴婦人。煮ても焼いても食えなさそうな貴婦人。妖艶な美貌を誇る熟女で、ただで自分の屋敷に……。

グレイス
名門貴族の娘で、アリオーンが大好きでしょうがない美少女。アリオーンを誘惑する様子は可愛いで逆にヒィヒィ鳴かされる様子は可愛いで逆にべらぼうにきつい貝締め乳でも美乳！頑張れ！

ロザリエ
アリオーンの姉。インフェルミナ土着の宗教『単眼の巨人神』の巫女長で、やっぱり彼女の処女はロレントに奪われてしまっているんでしょうか？

ヴィオール
フリューネの娘。老獪な母をいなすなかなかの胆力のある美少女でした。イラストに出てこなかったのが惜しまれる。

グレゴール
グレイスの祖父で、フリューネの大伯父。そこそこの野心家っぽい。

シャロン
インフェルミナ辺境にあるノエル村で、若くして村長役をしてインフェルミナ辺境ランプール城の旅人などに宿を貸している。美女たちに慕われたのは人徳というも

パメラ
ライラックと幼馴染みの猟師の家系で、村一番のボウガンの腕が飛び抜けている。領主夫人として是非頑張って欲しい。ザラ髪、モリな。

ロゴス
ケイトとシャロンの傅役。アリオーンの活躍な放浪人。インフェルミナ戦役で戦死。

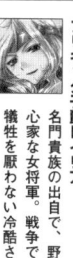

ブリギッダ子爵レイリア
名門貴族の出自で、野心家な女将軍。戦争で犠牲を厭わない冷徹さを備えている。インフェルミナ戦役と、同性愛で練れたむちむちの膣道を知っている男はライラックだ

カトリーヌ
『雷の小手』副団長。回復魔法が得意の魔法戦士。美しい凛とした女戦士。水晶宮出身。一度目は歯止めが利かないタイプだった。安産型のふくよかなヒップ。

リーズ
『雷の小手』所属の元気少女で明るいムードメーカー。極狭の膣道を貫かれながら最後に気がついてクローシュが男であることに気がつかなかったとは……。

クローシュ
盗賊団の襲撃で天涯孤独の身となってしまった少年。外見は清楚で美少女と見まごうほど。『雷の小手』の肉バイブとして奮闘中。

エリエンヌ
女性だけの傭兵団『雷の小手』小隊長を率いる、『雷の小手』副団長の姉。レズで気満点のお姉さま、性感マッサージから何から叩き込んでクローシュを肉バイブとしてグネグネうねぎ蠢名器。

ライラック
ただで自分の屋敷に泊めている。美女たちに慕われたのは人徳というも女をもって苦労したんだろうなぁ……

バーネスト将軍
インフェルミナ辺境ランプール城の城主でレイリアの叔父。凶暴な

●『ハーレムファイター』

テレサ
アーリア王国最高級の妓楼『彩華楼』で活躍する歌姫。マドックの情婦のように振る舞っていたが実はその斜め上を行くお姉様でした。

マドック
インフェルミナを荒らし回っていた山賊。クローシュの両親の仇。その背後にドモス王国がいた。

●『ハピネスレッスン』

イングリッド
ヴァスラ王国騎士団の女魔術師。他人を寄せつけないエリートだがジェレミイにはデレデレ……。後にヴァスラ王国の援軍としてカリバーン奪回戦に参加。猛烈に濡れやすいオマ○コ。

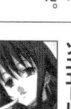

ソニエール
ヴァスラ王国騎士団の女魔術師。ジェレミイの扱い方は愛情の裏返しとは思えないが……。

ジェレミイ
ヴァスラ王室直属の女魔術師団の少年騎士。憧れのお姉さんのショーツを盗んでしまうごく普通の男の子。甘々、裏表が激烈に激しい膣道を盗んでしまうごく普通の男の子。

大陸西方

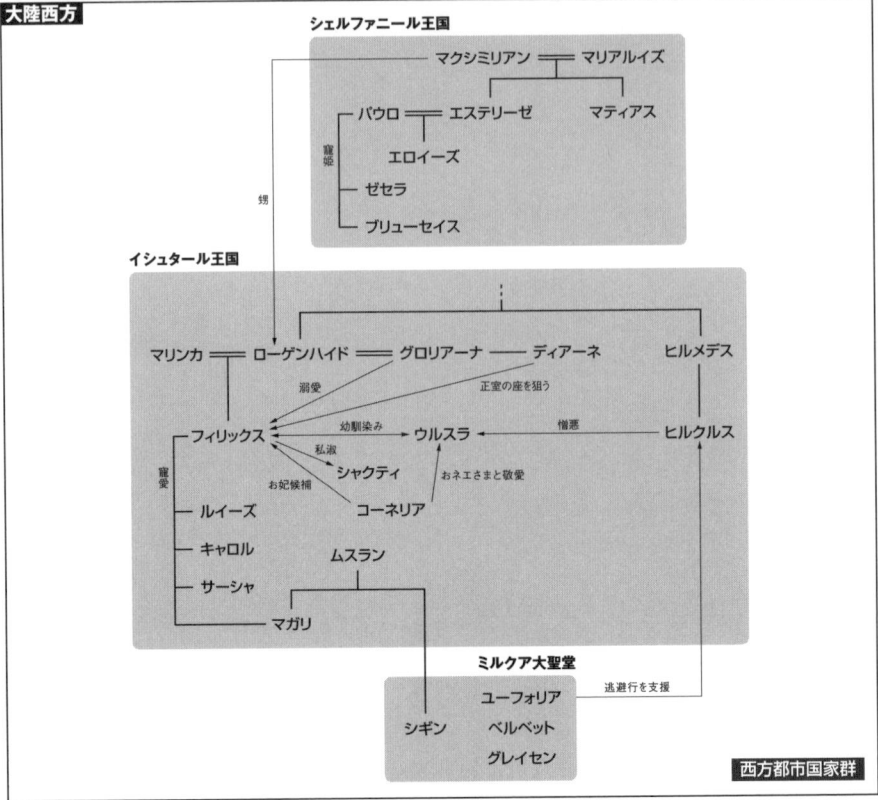

シェルファニール王国
- マクシミリアン ═ マリアルイズ
- パウロ ═ エステリーゼ ― マティアス
  - エロイーズ(寝姫)
  - ゼセラ
  - ブリューセイス

イシュタール王国
- マリンカ ═ ローゲンハイド ― グロリアーナ ― ディアーネ ― ヒルメデス
  - 溺愛 / 正室の座を狙う
- フィリックス ← 幼馴染み → ウルスラ ← 憎悪 ― ヒルクルス
  - 私淑
  - シャクティ(お妃候補)
  - コーネリア(オネエさまと敬愛)
- 寵愛
  - ルイーズ
  - キャロル
  - サーシャ
- ムスラン
  - マガリ

ミルクア大聖堂
- シギン
- ユーフォリア
- ベルベット
- グレイセン
- 逃避行を支援

西方都市国家群

【西方都市国家群】
関連作品：
- 『ハーレムキャッスル』
- 『ハーレムキャッスル2』
- 『ハーレムキャッスル3』
- 『ハーレムシスター』
- 『ハーレムロイヤルガード』

大陸西方

ディアーネ
女王グロリアーナの異母妹。しなやかで柔軟な肢体を露出の激しい衣装に包む踊り手。膣穴は入り口、中、奥の三段で締めつけてくる独特の構造をしている。ちなみに、ヒルクルスの元婚約者。

コーネリア
ペルセポネ王国の王女でフィリックスのお妃候補。剣術に長ける男装の麗人。ウルスラに何かと勝負を挑むがたまにピントがずれている。お妃候補で一番締まりがよい。

キャロル
フィリックスに仕えるロリっ娘メイド。見る者の保護欲をそそる可憐な少女だが、亡き宰相キャンベラの孫娘で血筋は抜群。

ルイーズ
名家クリームヒルト家出身の政務補佐官。メイド長。フィリックスの腹心の部下で、筆下ろしの相手。野心家でどうにもきな臭い噂が絶えない。いつかフィリックスと対決する日が来るのだろうか。

フィリックス
イシュタール王国前国王ローゲンハイドと、侍女の間に生まれた隠し子。ショタ少年を王太子に擁立してどうなることかと懸念されたが、意外と内政外政共に奮闘している頑張りやさん。

グロリアーナ
イシュタール王国第七代国王。フィリックスの義母。欲求不満の肢体を持つこんな色後家様をお義母様──って王位に据えちゃあクーデターも起こりゃあね様だわね……。熟れきったシリーズ屈指の名器持ち。

ウルスラ
イシュタール王国王太子親衛隊隊長。フィリックスの腹心の部下であり、幼馴染みである。

そして最愛の女性。隣のお姉さん時代と変わらない付き合い方をしているのは凄いと思う。

シャクティ
元々ヒルメデスのクーデターとなる。柳のように飄々と討伐戦に参加していたが、本編ではまだ登場していないが同国の政治を握る人物として至る所にその影がちらつく。

サーシャ
イシュタール王国の森林貴族の娘で、王太子付きのメイドの一人。メイド見習いをしていた。彼が騎士近い。フィリックスと年齢ならに恋されていたという健気な元気娘。奥に行くほどよく締まる肉壺。

マガリ
大商人ムスランの娘で、フィリックスと年齢が近い。メイド見習いをしていた。彼が騎士華やかな武勲はないが、有能な職業軍人でフィリックスの軍事顧問も務める。

ローゲンハイド
ローゲンハイドの侍女。グロリアーナの亡夫でマリンカを産む。王のお手つきとなりフィリックスを産む。

ジルベルト
イシュタール王国騎士でマリンカの父。養父としてに正体を隠しながらフィリックスを育てていた。

クリームヒルト公爵
イシュタール屈指の名門貴族・クリームヒルト公爵の当主で、グロリアーナの父親。

ローゲンハイド
グロリアーナの亡夫でマリンカを産む。王のお手つきとなりイシュタール第六代目国王。

デクセル
イシュタール王国の虎騎将軍。クリームヒルト公爵の甥。ルイズの父。キャロルと基本的には有能な職業軍人でフィリックスの軍事顧問も務める。

キャンベラ
イシュタール王国宰相。キャロルの祖父。老練な宮廷政治家だったが、クーデターでヒルメデスに殺害される。

クンダル伯爵
イシュタール王国の地方豪族。シャクティの父。

ムスラン
マガリとシギンの父親。イシュタール王家にも出入りする大商人。

ゼーンズフト将軍
イシュタール王国の龍騎将軍。デクセルの弟にして同国屈指の武断派。グロリアーナの即位後、王国の行く末を憂いクーデターを起こしたが、その中途でウルスラにより殺害される。

ヒルメデス
イシュタール王国の龍騎将軍。ローゲンハイドの弟にして同国屈指の武断派。有能な戦術家だったがクンダル平定戦でシャクティに思いも寄らぬ大敗を喫する。

ヒルクルス
ヒルメデスの息子。クーデター失敗。

ベルベット
ミルクア大聖堂の別当。お局様といった風貌だが、意外と化粧が濃く意外と淫乱。トード魔法学校のオーフェンの先輩でもなく付き合いは続いているらしい。爆乳の鬼腰遣い。

シギン
ミルクア大聖堂の見習い聖兵。シスター・マガリの姉。妹に似た元気娘だが、フィリックスの前ではない。どうやら、フィリックスの前ではウルスラをライバル視している。ドロドロの膣道。

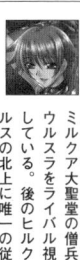

グレイセン
ミルクア大聖堂の僧兵。ウルスラをライバル視している。ヒルクルスの北上に唯一の従者として従った。狭めの膣道。

ダイタロス
グレイセンの父。かつてのヒルメデスの側近。

ユーフォリア
『朱雀神殿』ミルクア大聖堂の司教。ミルクア大聖堂に暮らし王族の出。少女にも関わらず疲れマラに興味津々なミミズのような肉壺。

マリアルイズ
エステリーゼの母にしてシェルファニール王国后妃。趣味と実益を兼ねて女を教育する絢爛たる美女。王立学校で教師をしていた爆乳眼鏡美女。後に夢の私立学校を開設し校長となった。週三回オナニーを嗜んでいた成果か、破瓜は無し。陰毛は無し。

ブリューセイス
現スノウ侯爵家でパウロの寵妃の一人。かつて同国社交界の中心で活躍した絢爛たる美女。エステリーゼの前でパウロのオシッコをごくごく飲み干した時はびっくりした。ドロドロのマグマのような膣肉。

ゼセラ
ブリューセイスの従姉にして、パウロの寵妃。

エステリーゼ
エステリーゼは第一王女。明るく活発なお姫様。この小娘がパウロにヒィヒィ言われどれだけ溜飲が下がったことか。パウロ曰く、荒削りな性格。……にも程があるのスはにも程がある。

●『ハーレムロイヤルガード』

パウロ
シェルファニールの青年宰相。幼王マティアスの補佐を務めることになったかんせん童貞だった男がが。戦争を厭い、殖産興業を重視する西方都市国家群の生き残り。壁は厚かった。

マクシミリアン
マリアルイズの夫。イシュタールからの入り婿で色々と苦労したせいか、急性アルコール中毒で急逝。

マティアス
マリアルイズとマクシミリアンの間に生まれた息子。十歳で幼王として即位する羽目になった。思えば不憫下に恵まれたのではないでしょうか。

エロイズ
パウロとエステリーゼの娘。イシュタール王国でのフィリックスとのお見合いでは大分頑張った。

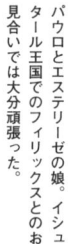

大陸西方

西方半島三ヶ国

```
ゼークト ──── ○ ─┬─ ヴァミリオン
        妹      │
ジューザス       ヴァレリア ←姉弟のように育つ
    そりが合わない │ 命の恩人
        レイテ   エルフィン
            ↑かつて敗北
ナターシャ ←一生パンツを穿かないと誓う
```

フレイア王国

```
ウルベイン ── マドアス
          │処遇を持てます
          リュシアン ←──────┐
         ↗ ↑  ↑ ↑         │目付役
    寵愛を狙う│ │ │元恋人の困った後輩
        変な上司│ │            │
マージョリー ルキノ オルスタンス クリスティーナ
```

西方半島周辺地域

【西方半島およびフレイア王国】
関連作品：
『ハーレムレジスタンス』
『ハーレムジェネラル』

● 『ハーレムレジスタンス』

エルフィン
フルセン王国末裔の青年。運命の荒波に揉まれながらも、見事に祖国の復興を成し遂げた。やや陰に籠ることも多いが戦略家としての知謀は折り紙つき。末はセリリューンかロレントか。

ヴァレリア
旧セルベリア王国の女将軍。子供の頃から目付の家の人間としてエルフィンを（性的に）苛め倒していたが、もう少し違った愛情の表現の仕方はなかったのだろうか……。乳首が弱点。

レイテ
元・反セルベリアレジスタンスの一員で通称"紅蜘蛛"。悲恋の過去を物ともせずに活躍するよき姉御にして後家さんだそうだがその元気な子持ちにも相応しい柔らかな家憂。

ナターシャ
美女狩りでジューザスに献上されそうになったところをエルフィンに救われた美少女。一生彼のために生きると誓った健気な少女として高名だろう。レイテとは逆の狭めのざら鮫。

ロックス
幼少の頃からエルフィンに仕えたフルセンの古株。廃下きっての猛将として名を馳せたが、ターラキア戦役撤退戦でリュシアンに破れ戦死。

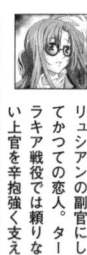

マリガン
旧セルベリア王国の将軍。シルバーベル砦攻防戦でエルフィンに寝返り、以後の攻勢の端緒を開いた。

ジューザス
旧セルベリア王国最後の国王。美女狩りや増税など圧政で国を荒廃させた典型的なバカ殿様。祖国消失後国外追放。いま何をしているのか？

ゼークト
ジューザスの父。半島三ヶ国を統一した旧セルベリア王国の英雄だが、その偉業は息子一代で失われることとなった。

ヴァミリオン
ヴァレリアの父。ゼークトの妹婿。

ファルピン
旧セルベリア王国の老将軍。亡国の主君を居城に迎えて、圧倒的に有利なエルフィンの攻勢を凌ぎきった忠義を尽くす相手を間違っている気もするが、実力はたしかな傑物。多分、彼にとっては、ジューザスはどんなダメな主君であっても、生まれたときから知っているかわいい主君だったのだろう。

ドガスギア
旧セルベリア王国の将軍。シルバーベル砦攻防戦でエルフィンの策謀に嵌まれ戦死。

ジュネー
旧セルベリア王国の将軍。ミドガルド平原の戦いでマリガンに敗北。

カーラ
旧セルベリア王国の将軍。ヴァレリアの女友達。

● 『ハーレムジェネラル』

リュシアン
フレイア王国の甥。身の程をわきまえた陽気なぼんぼん。戦略という借りを返さねばとやはりフルセン迎撃戦では奮闘したが、やはりエルフィンの方が一枚上手だった。かつて離れていたが、リュシアンに指揮を譲った後も複雑だったのでは……フレイア戦役で戦死。

クリスティーナ
リュシアンの目付役として派遣された女性軍師。基本的には有能なエリート軍師なのだが思い詰めると色々怖い。リュシアンの子供を無事孕めていますように。ミミズ千匹。

ルキノ
青いビキニ鎧に独特の髪型をした叩き上げの女戦士。三本刃の戟を自在に操る。潔癖と言うよりは、本気で自分の魅力に気がついていなかった節がある女丈夫。筋肉質のオマ○コ。

オルスタンス
リュシアンの副官にしてかつての恋人。ターラキア戦役では頼りない上司を辛抱強く支えた。何だか気心の知れた本妻のような眼鏡美女。お漏らし癖あり。

マージョリー
旧セルベリア王国の女将軍で、後にフレイアに亡命。炎を操せた皮の鞭を振り回すかつてレイア戦役で狂人の手に掛かって殺される。

ダングラール将軍
マドアスの側近中、フルセン迎撃の総大将を務める。負傷により前線から離れたが、リュシアンに指揮権を譲る胸にあるもあり濡れやすく柔らかい。成熟した美貌同様にあそこもあり濡れやすく柔らかい。

ウルベイン
フレイア王国王。ウルベインの弟。

マドアス
フレイア王国王。ウルベインの弟。王太子時代に宮中で狂人の手に掛かって殺される。決して暗君ではなかったが、やや大局観に欠ける面があった。フレイア戦役で自害。

大陸中原

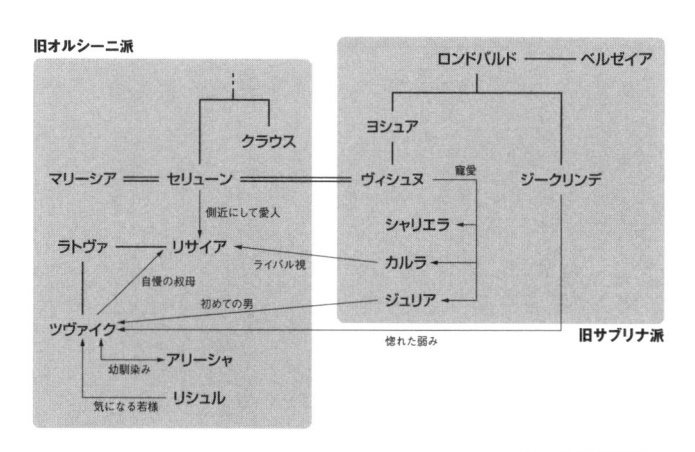

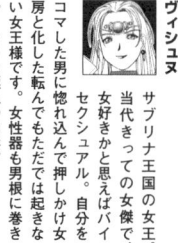

```
旧オルシーニ派                    ロンドバルド ─── ベルゼイア
                                      │
          クラウス              ヨシュア │
           │                    │    │
マリーシア ═ セリューン ─────── ヴィシュヌ ─── ジークリンデ
              側近にして愛人    寵愛   │
                              シャリエラ◄─┐
ラトヴァ → リサイア ◄──ライバル視         │
     自慢の叔母         │          カルラ◄─┤
             初めての男 │                │
ツヴァイク ─────────────┘          ジュリア◄─┘
     │           惚れた弱み            旧サブリナ派
     │幼馴染み
     ├→ アリーシャ
     │
     └→ リシュル
      気になる若様
```

オルシーニ・サブリナ二重王国

大陸中原から南方

●『女王汚辱 鬼骨の軍師』

【オルシーニ・サブリナ二重王国】

関連作品：
「女王汚辱 鬼骨の軍師」
「ハーレムシャドウ」

セリューン
人呼んで「鬼骨の軍師」。若干二十二歳にして軍師としての圧倒的な頭角を現すが、漁色が災いしてオルシーニ宮廷を追われる。とはいえ、手を付けた女性の多くに恨まれていないのが何とも羨ましい。

ヴィシュヌ
サブリナ王国の女王。当代きっての女傑で、女好きかと思えばバイセクシュアル。自分がコマした男に惚れ込んで押しかけ女房と化した転んでもただでは起きない女王様。女性器も男根も巻きつくような極上の肉襞。

マリーシア
オールシーニ王国女王。美しく清純なお姫様だが、いかんせんライバルのヴィシュヌに比べアクが弱かった。膣道もまだ開発途上。

シャリエラ
サブリナ王国の西征将軍。ヴィシュヌの腹心。名参謀として、戦線での指揮だけでなく各国での政治工作に。

カルラ
サブリナ王国の忍者軍団の長として特殊任務をこなす。いささか経験不足な面もあり、ジオール峠では散々セリューンにおちょくられてしまっていた。

ジュリア
ヴィシュヌ直属の親衛隊『告死蝶々』隊長。ビキニ鎧姿で斧を振るような長槍を振るう美丈夫。

シモール
『告死蝶々』副隊長。ジオール峠の退き際でヴィシュヌと初めての男ということをジオール峠でも犯されずに済んだのか？

オルガ
『告死蝶々』隊員。ジオール峠の退き際でデムルガストに傷を負わせる。

ロザリア
キャリオン
ルーラ
それぞれ『告死蝶々』隊員。

ケリュフェス
オルシーニ王国の前国王。鹿狩りの最中に落馬し事故死。

ロンドバルド
ヴィシュヌの祖父にしてサブリナ王国の開祖。

ベルゼイア
ロンドバルドの弟で、サブリナの守護神とも呼ばれる古参の老将。各戦線の退き際で見事な殿を務めた。

ヨシュア
ヴィシュヌの父、ロンドバルドの息子。バウス攻城戦中に流れ矢に当って戦死。

ボーネット
オルシーニ王国の宰相。長女と孫娘をセリューンに寝取られた恨みもあって最後まで彼の登用に反対していた。

ラルミーゼル
オルシーニ王国の宮廷魔術師。マリーシアの信頼厚いお姉さま。しかしセリューンとの関係を見ると、やっぱり昔やられちゃった一人なのだろうか？戦場で恐怖のあまり大きい方を漏らしてしまったショックから、すっかりマゾ女に。

レイモン
オルシーニ王国譜代の家臣で王族の血筋。百日戦争で戦死。

ケーフェン
オルシーニ王国の最年長将軍。ボーネットの旧友。リュミネ河畔の戦いで戦死。

飛び回った。アナル好き。激戦の最中に悠然と青姦できるその胆力は見習いたい。

チャンドラー
オルシーニ王国の将軍。ソウル河畔の戦いで戦死。

デムルガスト
オルシーニ王国の将軍。かつて許嫁のアンジェリーナをセリューンに奪われた。

アンジェリーナ
デムルガストの妻。初体験はセリューンだったが諸々経て今は夫一筋。

メルディス
オルシーニ王国の女将軍。セリューンの恋人の一人。女王様ルックで嬉々としてカルラを拷問していたところを見るとカルラの気もあったのかも。

クラウス
セリューニの弟。兄とは真逆の実直な廷臣としてオルシーニに仕える。

ダルケニス
オルシーニ王国南方の国境警備責任者。一兵卒からの叩き上げの勇将。

ハジト
カルラの父。サブリナ王国の忍者部隊の礎を築いた。

トゥール
カルラの部下の青年。天才との誉れが高い。

●『ハーレムシャドウ』

ジークリンデ
ロンドバルドの末娘にして、サブリナ独立派希望の星。ツヴァイクを散々蹴り上げたり殴ったり踏み潰し

たりしたが、最後は収まるところに収まった。よく考えるとツヴァイクはイシュヌの叔母なのか。ミミズ千匹。

リサイア
オルシーニ派の忍びを統括する妖艶美女。セリューンに隠遁中からツヴァイクは酒の量を気にしていたがやはりセリューンに仕えている側近中の側近にして愛人。ツヴァイクの女を心配していたがやはり最近女が増えたせいもあるんだろうか……。膣内に妖精がいるような凄い絡み付き方をするらしい。

アリーシャ
ツヴァイクの幼馴染みの元気な忍び娘。リサイア曰く、お互いが憎からず思っている「安全パイ娘」。ブチ切れると凄かった。まだまだ開発しがいのある天井。

リシュル
ツヴァイクの先輩でクールな女忍者。使用済みショーツを少年忍者に盗ませて知らんぷりをしていた意地悪なお姉様。濡れやすい柔襞の持ち主。

ツヴァイク
オルシーニの片田舎出身の少年忍者。ただのドスケベなガキかと思いきやヴィーヴェル戦役では圧倒的な白兵戦能力を見せつけた。

●『ハーレムパイレーツ』

リカルド
エトルリア王国の第四王子。同国海軍に所属しながら、翡翠海の平定を夢見る少年。南海の覇者になった頃には愛人は三百人を越えているはずだが股間の一物は大丈夫だったのだ……。

シグレーン
エトルリア王国最年少女性提督。使用人、敵対勢力味方からは敬意を以て「白い貴婦人」、「白い狐」と呼ばれるやり手の女性政治家で武勇伝は数知れず。味方からは「シグレーンおばさま」と呼ぶと笑顔で張り倒されるそうです。タコツボ名器。

イシス
クールで理知的な風貌をしたエトルリアの海軍軍人で、シグレーンの元

【関連作品】：
『ハーレムパイレーツ』
『ハーレムパイレーツ2』
『ハーレムパラディン』

ラトヴァ
ツヴァイクの父。かつてセリューンに窮地を救われたことがある。

ディアナ
ジークリンデの侍女で、レズっ気のあるお姉様。フリーの忍者集団「夜烏衆」の間者。そもそもこの名前が本名かどうか自体怪しいな。

大陸南方

エトルリア王国、ローランス王国

ジギスムント ═ エテルナ ←旧友
                              ↓
エヴァリン ─婚約者─ リカルド ─憧れの人─ シグレーン ─元部下─
        ↓お気に入りの愛人   客員参謀   ↓
        マリオン   イシス
        マーサ   スカーレット
        ジミー   ↓部下
                              ロゼ

シルバーナ王国

○母 ═ ヘイゼル ═ リムステリア
         ↓
       シーザリオン
         ↓主君   元上司↓
         ゼクス
シェラザード ─┘   └─ クラウス
    ↓学友   ↓
       ユーノ
       オリヴィエ

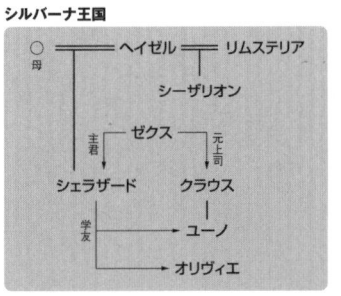

翡翠海沿岸地域

スカーレット
シグレーンの元部下。元は海軍所属だったが、転向。その後も海賊としてリカルドの部下となり、翡翠海を飛び回っている。かつてシグレーンの指で処女を奪われた上にお漏らし癖がついた。やや広めでこなれた膣道。若すぎず熟れ過ぎずの旬な膣穴。部下。他国で乳繰り合うほど餓えているところを見ると、その後もリカルド一筋なのだろう。

マリオン
『海賊王』水兵でリカルドの愛人。微乳、巨乳むまそうです。性感帯はアナル。

マーサ
『海賊王』の愛人。魔法使いの卵でリカルドの愛人。使役魔法が得意、特にタコと相性がよいが使い道に困っている。性感帯は「てき」と読むそうです。クリトリス。

ジミー
『海賊王』の賄い担当でリカルドの愛人。清純そうに見えるが実はている。性感帯はアナル。

エヴァリン
ローランス王国王女でリカルドの婚約者。性感帯はヴァギナ。むちむちした肉体の淫乱娘。

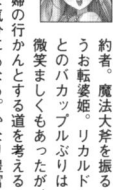

約者。魔法大好きうお転婆姫で、リカルドとのバカップルぶりは微笑ましくもあったが、この夫婦の行かんとする道を考えると複雑な気分にもなる。かなり豊富な膣襞の持ち主。

ロゼ
スカーレットの腹心にして愛人。客員参謀としてリカルドに随行しました。その主張は『男が嫌いなのではありません。ネエサマが好きなのです』。無口ながらも一本筋の通った海の女性器だが、陰核が大粒。

ヴァネッサ
海上都市ブラキアの総督。女にだけ海軍を率いる。えらいというか、どこか一癖ありそうなお姉様。諸経緯でタコツボ型のあそこを拷問される羽目になりましたとさ。

ジギスムント
リカルドの父王。晩年に生まれた四男がかわいがりしていたがその末っ子はえらいことをしてくれた。

エテルナ
リカルドの母親で、シグレーンの昔なじみ。スカーレットとも面識があるらしい。

ミレイ
エヴァリンの親衛隊隊長でビキニ鎧の女戦士。主君の同い年の悪友で、気軽に軽口を叩ける仲。

アマンダ
エヴァリンの乳姉妹。『エヴァリン王女ロストヴァージン大作戦』の名付け親は多分彼女なのだろう。

ボーネット
ミレイの母で『海竜姫』副船長。

マーシェル
副船長。気苦労はあっただろうが同船の処女航海を立派に補佐しました。

ベルリック
エトルリア王国陸軍将軍。ジギスムントの甥。シグレーンの元夫。

ダルタニス将軍
カルロッタ王国の海軍提督。最速を謳われる高速船『飛天夜叉』の船長。

●「ハーレムパラディン」

シェラザード
シルバーナ王国第一王女、のちに女王。少年のように活発な性格のお姫様で、学友を集めて『天馬騎士団』を主宰している。王族としての自らの義務に真合う性知識には非常に偏りがあり、膣道としての立志伝として語り継がれるでしょう。

ヘイゼル
シルバーナ王国国王。シェラザードの父。シグレーンの名前を聞くと震え上がるほどのヘタレらしい。

リムステリア
ヘイゼル晩年の寵姫でシーザリオンの母。アラゴンの愛人との噂もあった。

シーザリオン
ヘイゼルとリムステリアの間に生まれた息子。シェラザードの異母弟。

オリヴィエ
シェラザードの側近。『天馬騎士団』副団長。真面目な性格のクールビューティーで恐ろしい。

ゼクス
武芸大会での優勝をきっかけに『天馬騎士団』の武芸顧問となり、シェラザードの女虚即位後は聖騎士としてその傍に寄り添った。貧農の六男から聖騎士へ、その人生はシリーズ屈指のエロエロで彩られてはいたが、鷹揚な豪快お姉様にも尽くしまくり、浮気げな気質に、冷静に考えては子宮口が弱点。

クラウス
シルバーナ辺境の騎士団『鷹の爪騎士団』団長で、ゼクスの上司。ユーノの父。

ユーノ
『天馬騎士団』のナンバースリー。あけっぴろげな気位が高い。『く、悔しい……でも、感じちゃう』は名言。貧乳でも美乳。

シルバーナ内紛後は海竜神殿に出された。

アラゴン
シルバーナ王国宰相。野心家で様々に権謀術数を張り巡らせたが、シルバーナ内紛でゼクスと一騎打ちの末に敗死した。

アイリス
『鷹の爪騎士団』副団長を務める赤毛の女騎士。ゼクスの姉分。

大陸東方

ラルフィント王国 王弟派山麓朝、およびレナス家 / **ラルフィント王国 王子派雲山朝**

```
オグミオス将軍 ←――長年のライバル――→ ダイスト将軍
                                            ↑
                          イレーネ ―対決― ヴラッドヴェイン  協力  ↕
                          師弟↕  ↕師弟      ↑師弟         孫娘
                             ミリア                        グリンダ
イヴゥン＝バージゼル―オーフェン―アーリー
      ↕                        バーバラ
                          気になる後輩
ネメシス―ケーニアス ←――――――――― パールパティ ―教え子― セライナ
部下↕  口説き倒して  ベタボレの        教え子
      ものにする   幼馴染み
カディア ヘリオード エリンシア
          ↕主君
        シャリアス
          ―
        シリウス
          ―
        シャーミーナ
```

ベニーシェ村
ジェルクリーナス
ベンテシレイア
ユージェニー
パミリタ

ラルフィント王国

大陸東方

●ラルフィント王国

関連作品：
『ハーレムエンゲージ』
『ハーレムウィザードアカデミー』
『ハーレムプリズナー』
『ふたりの剣舞』
『ハーレムマイスター』

●『ハーレムエンゲージ』

バージゼル
レナス家当主。元は戦災孤児だったがオグミオス将軍に拾われ、将軍の死後は三姉妹（と、その後妻）と結婚し、各地の豪族と縁戚関係を結ぶことで巨大な勢力を築いてゆく。あの気弱で心優しいショタ少年がここまで立派に成長するとは……。

イヴゥン
オグミオス三姉妹の長女で、ラルフィント王国将軍。澄ました顔で過激な発言を連発する素直クールなお姉さま。暑い日は是非その視線で冷風を浴びせて欲しい。尿道口が弱め。

オーフェン
オグミオス三姉妹の次女。見た目は能天気淫乱娘だが、賢者トードの高弟である魔術師プチェーン『マジカル星姫☆』を展開する一流の事業家でもある。膣はタコツボ型の絡みつくリア充。

アーリー
オグミオス三姉妹の三女で、元気活発なラルフィント王国騎士。ベアトリスの里で剣技を学んだことで脚癖の悪さがより進んだのではないだろうか。三姉妹一の膣圧の持ち主。

ファシリア
オグミオス将軍の後妻。かつては屋敷に奉公する侍女で、バージゼルのお姉さんのような存在だった。貞淑な雰囲気とは裏腹に少年への言動が色々危うかった若奥様。カズノコ天井でバージゼルの童貞を奪った。

●『ハーレムウィザードアカデミー』

ケーニアス
バージゼルとオーフェンの息子。母から受け継いだ溢れんばかりの魔術の才能を、あらぬ限りの情熱で間違った方向に向けているエロガキ。

パールパティ
トード魔法学校の教師でケーニアスの担任。山麓朝の王子から結婚の申し込みがあるほどの名家の出だが、教え子のケーニアスにコマされてそのまま愛人になっている模様。

エリンシア
ケーニアスの幼馴染み。地方豪族の娘でケーニアスにベタボレ。一回天然まじゅのツンデレさん。狭くても柔らかい膣道はケーニアスと相性ばっちり。

セライナ
魔法学校でのケーニアスの先輩。「氷の魔女」の異名通りクールな彼女の手作り弁当を食べたい。コリコリしたやや硬めの膣道。

リリカル
オーフェンの腹心の女性。『マジカル星姫☆』のトード魔法学園門前町店長。ケーニアスが妄想で百回は犯したというんだからそれなりの美人なのだろう。

●『ハーレムプリズナー』

ネメシス
バージゼルとイヴゥンの娘。女王様気質でど甲斐性持ちのお姉様。権力志向は母から、赤毛と足癖の悪さは叔父のアーリーから受け継いだらしい。貧乳。ミミズような名器。

ヘリオード
ラルフィント王国山麓朝の若き将軍。ミラージュ戦役でネメシスに敗れ、熱烈に調教されたのち彼女の軍門に下る。

カデイア

ネメシスの腹心の部下。潔癖な女傭兵だが、籠絡ながら見透かしていたのかも知れない。思えば、この国の行く末を変えた。雲山朝重鎮の将軍で、オグミオス将軍の宿敵。往時はオグミオスと幾度も干戈を交え、一時代を築き上げ、老齢にしてなお双槍以て剣聖イレーネと渡り合うかなりの豪傑。

シャーミーナ

山麓朝の王女。レナス家の女傀儡として山麓朝の女王に即位する羽目になる。典型的な悲劇のお姫様だが、まあネメシスの仲間からぬようだし何とかやっていけることでしょう。ざら髪に極上の締めつけ。

トレバン

ヘリオードの悪友にして部下。最終的にヘリオードと刺し違えようとして、山麓朝に殉じた。

シャリアス

シャーミーナの祖父。山麓朝国王。生涯を通じてバージゼルを重用し続けた。

シリウス

シャーミーナの父。山麓朝国王。父とは逆にレナス家の力を削ごうとして、逆に山麓朝の権威を地に落としてしまう。

オグミオス将軍

山麓朝重鎮の将軍。この老人の突拍子もない遺言がバージゼルの、引いてはラルフィント王国の運命を大きく変えた。思えば、この国の行く末を変えた。雲山朝重鎮の将軍で、オグミオス将軍の宿敵。往時はオグミオスと幾度も干戈を交え、一時代を築き上げ、老齢にしてなお双槍以て剣聖イレーネと渡り合うかなりの豪傑。

ダイスト将軍

雲山朝重鎮の将軍で、オグミオス将軍の宿敵。往時はオグミオスと幾度も干戈を交え、一時代を築き上げ、老齢にしてなお双槍以て剣聖イレーネと渡り合うかなりの豪傑。

エルヴィーラ

オグミオス将軍の従姉の息子。

ランゴバルド

エリンシアの祖父。オグミオス将軍死後の側近。将軍死後の三姉妹をよく補佐した。

●『ふたりの剣舞』

イレーネ

ベアトリスの領主。剣聖にまで称された凄腕の女剣士。アーリータイムを強襲する大陸ーヤバーバラなど大陸各地に弟子を持つ。実は大の甘党。ティータイムを強襲すれば簡単に一本が取れる気がする。

ミリア

イレーネの一番弟子。ちょっとレズっ気のあった元気娘。流浪の剣士として名を馳せ、後にカリバーン奪回戦でクブダイの首級を上げた。

●『ハーレムマイスター』

ソフィア

イレーネ門下の女剣士。貧乳。聖光剣の異端児。若くして頭角を現わし、狷介不遜な性格もあり同流派を追われる。後にイレーネと一騎打ちの末敗死。ユージェニーの後輩同名の剣士がいたようだがご先祖様?

ラバンチョ

聖光剣の異端児。若くして頭角を現わし、狷介不遜な性格もあり同流派を追われる。後にイレーネと一騎打ちの末敗死。ユージェニーの後輩同名の剣士がいたようだがご先祖様?

ジェルクリーナス

大陸に名を轟かせるベニーシェの名刀鍛冶。とはいえ、修業時代は師匠のワガママボディや、刀鍛冶のあるべき姿に心を揺さぶる多感な青年で......

ヴラットヴェイン

推定年齢百歳以上、ラルフィント王国史にそびえき狒々老爺になったのだろう。老いてなお孫娘の下着をくすねていたというから、さぞや愛すべき狒々爺になったのだろう。

グリンダ

ヴラットヴェイン腹心のエロ魔術師。圧倒的な魔術力と白兵戦能力を兼ね備え、首を切断されてもなお生き延びた。恐らくはシリーズ最強の怪物。

ヴラットヴェイン腹心のエロ魔術師。圧倒的な魔術力と白兵戦能力を兼ね備え、首を切断されてもなお生き延びた、年の風貌は老練な老齢の暗躍に数年の経験を積んだ老練な老齢の暗殺者だった。

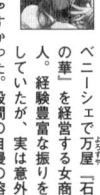

ユージェニー

聖光剣の四光と呼ばれる魔法剣の使い手。ジェルクリーナスに鍛えてもらった魔法剣で無事仇討ちを果たしたようだ。極太バイブを同時に二本は入れることができたんだ。きっと柔軟なオマ○コなのでしょう。

パミリタ

ベニーシェで万屋『石の剣』を経営する女商人。経験豊富な振りをしているが、意外と感じやすかった。股間の自慢の溶鉱炉でジェルクリーナスの肉剣を鍛え上げる。乳牛のようなおっぱい。

ワイマール

聖光剣の四光の一人。己の剣の腕に溺れ、師匠のユーバイラルを殺害した。

ユーバイライ

聖光剣の宗主でユージェニーの師匠。

ベンテシレイア

ジェルクリーナスの師匠。刀鍛冶だけでなく、医術にも長けた多才な女名刀工。やや羞恥心に欠ける一面もあったが、実は弟子愛故に常時剃毛されている人エバイパン。オーソドックスなカズノコ天井。愛弟子に常時剃毛されている人エバイパン。

トード

弟子のワイマールに殺される。ジェルクリーナス魔法学園の創設者で、不老不死の噂もある大賢者さま。物語によって名前が色々と錯綜している。単純な名前で、覚え辛いのかもしれない。

ドモス王国周辺地域

覇王・ロレントを生んだ荒涼たる北の大地

元々は北陸の荒野の貧しい国だった。周辺地域は年の半分は大地が氷に覆われる極寒の気候、夏も非常に短い。しかしロレントが国王になってからは彼の野望に付き従い、周辺諸国を征服しながら覇道大国への道を突き進んでいる（最盛期は十二カ国ほどを支配したが、反動もあっていくつかの領土は失陥）。

とりわけ沃土に恵まれた中原のクラナリア王国を制したことが重要なターニングポイントとなった。同国の旧王都カーリングは今もドモスの副都として世界最大級の賑わいを見せている。

名産物は飛竜と騎馬、いずれも飛竜部隊、重騎兵といった形で軍事的に重要な位置を占める。また、郷土料理にも馬肉や馬乳酒、龍血酒など大味なものが多い。オルシーニ・サブリナ二重王国による包囲網もあり領土拡大は停滞しているが、今なお大陸北部広域に勢力を築く大国である。

関連作品
『黄金竜を従えた王国』上下巻
『ハーレムキャラバン』
『ハーレムウェディング』
『ハーレムジェネシス』

西方都市国家群

乱世に各々が生き残りに挑む森と湖の国々

大陸西方に数多くの国々が割拠する城塞都市国家群。東側で二重王国に面したペルセポネのように、地理的理由で軍事活動が活発な国もあるが、基本的には穏やかな気候と地形に恵まれた風光明媚な土地柄である（ただ、イシュタール王国のヒルメデスなど、その平和さに危機感を持っていた人間も少なくない）。

イシュタール王国は女王グロリーナ即位後、クーデターやペルセポネとの国境紛争で一時混乱したが王太子フィリックスの尽力もあってか徐々に国情も安定。また後に百日戦争におけるドモスとオルシーニ・サブリナ二重王国の調停国として名を馳せた。

シェルファニール王国は元々地味豊かで木綿と胡麻の特産地として知られる。パウロが宰相に就任後は、産業育成と水運（西海航路とリュミネー河）を活かした貿易により急成長。王都シェンロンは大陸有数の繁都に成長している。

関連作品
『ハーレムキャッスル』1～3
『ハーレムシスター』
『ハーレムロイヤルガード』

地図ラベル: アヴァロン、メリシャント、樹海、オル、エレオノーラ、クレオンレーゼ、ペルセポネ、シェルファニール、イシュタール、ゼピュロア、シェンロン、ダリシン、西海航路

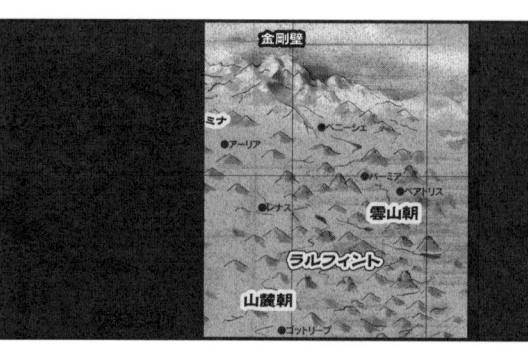

ラルフィント王国

老いさらばえてなお群雄割拠する東方の老大国

東方の大国。国土の広さと、伝統は大陸ナンバー1。しかし王家が山麓朝と雲山朝に分裂、百年を越える内乱を繰り広げており、さらにはレナス家なる新興勢力まで勃興するなど政情は混沌としている。老大国と呼ばれる所以である。

一方、伝統のある国に相応しく工芸が盛んで、同国製の刀剣や陶器は各地で珍重されている。国内の各都市が多彩な賑わいを見せ、オーフェンの魔法ショップチェーン「マジカル星姫☆」の本店も同国のレナスにある。

ちなみに、盆地と河川が多く、大軍の運用に向かない地形から、様々な特殊技能が発達した。女剣士の里ベアトリス、賢者トードの魔法学校、聖光剣の里マドラ、槍のバイアス教団、体術のティア寺、鍛治の里ベニーシェ、在野の忍び軍団・夜烏衆、そして不老不死の魔術師ヴラットヴェイン等々——ある意味、何でもありの国である。

関連作品
『ハーレムエンゲージ』
『ハーレムウィザードアカデミー』
『ハーレムプリズナー』
『ハーレムマイスター』
『ふたりの剣舞』

オルシーニ・サブリナ二重王国 他大陸中原

地味豊かな中つ国に戦乙女と忍たちが舞う

大陸中原から南部にかけて広がる巨大国家。元々、オルシーニは周りを山野に囲まれた穏やかな気候の国、サブリナは肥沃な大地に農業が盛んな国（名物は桃）だった。

ところが、サブリナ女王ヴィシュヌが鉱物資源を求めて北に侵攻。更に、自分を打ち負かしたオルシーニの軍師セリューンに惚れ込んで押しかけ女房と化したことから、二重王国という奇妙な国家体制が成立した。

何分、二重王国という体制がセリューンを繋ぎ目としているため、後継者問題など不安は多い（そもそも王族の習慣など両国では全く異なっている点が多い）。が、紛れもなくドモスに単独で対抗しうる唯一の強国家。

食料始め様々な資源に恵まれた地域でそれ故に争いも絶えないが、旅人として訪れる分には居心地のよさそうな大国である。

なお、両国とも諜報活動を重視しており、忍者軍団が充実している。

関連作品
『女王汚辱 鬼骨の軍師』
『ハーレムシャドウ』

翡翠海沿岸地域

沿岸諸国の利権が絡み合う美しくも不穏な海

　エトルリアは翡翠海最強の水軍を持つ海洋国家。元々は周辺と反二重王国同盟に与していたが、百日戦争期に第四王太子・リカルドがクーデターを起こして外交を百八十度転換、二重王国との同盟の道を切り開く。縁戚や懐柔策によりローランスやカルロッタといった周辺国を従え大陸南部の一大勢力となりつつある。

　一方、東のシルバーナ王国は海に隣接しているもののあまり強力な海軍を持っていない。武断の気風を高めるため年に一度武芸大会を開いており、ここで優勝すると一気に出世コースに乗れるらしい。

関連作品
『ハーレムパイレーツ』
『ハーレムパイレーツ2』
『ハーレムパラディン』

インフェルミナ王国

東西緩衝の地、歴史の大波に呑まれた悲劇の小国

　領土は狭いながらも、茶葉とワインの産地として大陸に広く知られた霧の国である。特にブルアリ地方の貴腐ワインは各地で珍重されている。

　元々、北方ドモス王国の領土拡張についてはは傍観者的な立場を取っていたが、隣国が滅ぼされたことをきっかけに否応なしに侵略を受け、一度は王都カリバーンを占拠されてしまう。

　西南のヴァスラ王国、東のラルフィント王国へ通じる広街道を持つことから、アーリアを始めとして交易の中継点として栄える地勢だったがーーそれ故に、ひとたび戦乱の世になると大国同士の緩衝地帯となってしまった。

　その後ラルフィント王国レナス家や二重王国の援助を得て王都の奪回に成功。ドモスとも和平を結んだが、未だに周辺地域に火種は多く、霧の小国の前途には多難が予想される。

関連作品
『ハーレムクライシス』
『ハーレムデスティニー』
『ハーレムファイター』

西方半島およびフレイア王国

破軍と智将が割拠するシリーズ屈指の激戦の地

元々セルベリア、サイアリーズ、フルセンの三王国があった西方半島。セルベリアによって一旦統一されるが、後継者の酷政により一揆が頻発。フルセン王国の末裔エルフィンが蜂起し、半島の再統一を成し遂げた。

ただ、元々地味や資源に乏しい国柄である。エルフィンは資源を求め、ターラキア山脈を越えてフレイア王国へ進軍。同国軍と絡み手まみれの消耗戦を繰り広げた。

一方のフレイア王国は夏は45度、冬はマイナス40度を越えるような極端な気候に覆われた通称『熱砂の大地』。ただ、砂漠の地下に莫大な魔法資源（古代生物の化石）を持ち、その輸出により唸るような金を集め、絢爛たる王都カブスや各地のオアシスを築いている。しかし、西の半島各国や東のドモスに挟撃されるような地勢のため政情は必ずしも安定しておらず、後年、ドモス王国の物量に任せた侵攻によりあっさりと滅亡してしまった。

ハーレムシリーズ豆知識

ハーレムシリーズの世界では様々な宗教があり、その地方ごとに色々な神様が信じられている。

大陸北方でメジャーなのは黄金の大神竜。元々はドモス地方で信仰されている土着の神だったが、ドモス王国が版図を広げたため、広く信仰されるようになる。ドモス国王ロレントの旗印にも使われているのも有名。

東方は、いろいろと複雑な政治情勢に相応しく、神様も盛り沢山。槍のバイアス教団、体術のティア寺……作中で描写が少ないだけにどこまで宗教団体の範疇に含んでよいものか。東方の更に北部は霊峰金剛壁に住むという単眼の巨人神を信仰している（ちなみに片目の男性を信仰する習慣にも多い）。

西方は『ハーレムシスター』の舞台となった朱雀神殿が主流。同神殿は尼寺なので恐らく男性が出家できるお寺もあると推測される。

南方は、海竜神殿が翡翠海沿岸を中心に広まっている。政争に敗れた王族が出家したりしており、それなりに格式は高い。特にローランス王家は王女エヴァリンが海竜神の末裔と名乗っており信仰が盛んなのではないだろうか。

関連作品
『ハーレムレジスタンス』
『ハーレムジェネラル』

ハーレムシリーズ公式ガイドブック刊行記念
竹内けん 特別インタビュー
1万2千字 ＋読者Q&Aコーナー

インタビュー：二次元ドリーム文庫編集部

竹内けん profile
2000年3月3日、『黄金竜を従えた王国 上巻 美姫陵辱』でデビュー。キルタイムコミュニケーション子飼いの作家。物書きとしての心得、及び技術はすべて同編集部に叩き込まれた。その割には、なぜかよく鬼子呼ばわりされている。

小説執筆からデビューへ

——まず小説を執筆するようになったきっかけや、デビューの経緯をお伺いできればと思います。

元々ライトノベルを読み漁っていて、エッチライトノベルもごく当たり前に愛読していました。しかし、読むたびに凄くストレスが溜まる。ライトノベルを読んでいると、主人公はモテモテ。だけどレーティングの関係もあるのか一線は越えない。

一方で当時のエッチライトノベルは女性視点で不幸になってゆく物語が多かったんですよ。自分はラノベのようなお話で、その延長にあるエッチシーンが読みたかったんです。

そのうちに、誰も書かないなら、自分で書くしかない。俺ならもっと面白い作品を書ける、と思うようになったのです。

——キルタイムコミュニケーションへの応募が、初めての投稿だったのですか？

実は某社にエッチラノベを投稿して仮採用をもらっていたのですが、手直しを何度かして、なんだかんだで半年ぐらいやりとりしつつ、結局、不採用。

どうしたものかなと思ったときに本屋さんで二次元ドリームノベルズの『デビッターズ　返して

——キルタイムコミュニケーションへの応募が、初めての投稿だったのですか？

当初としては、ドモス王国のロレントが世界統一する話を考えていました。いわば『鬼畜王ランス』のような物語ですね。その当時はパソコンを持っていませんでしたから、遊んだことはありませんでしたが。

しかし、続編というのは、必ず一冊目より売れないのでなかなかプロット案が通らず、いろいろ捏ねまわしているうちに、主人公が毎回変わることになりました。

——ハーレムシリーズ構想への道のりはどのようなものだったのでしょう。おそらくここまで話が広がるとは思っていらっしゃらなかったと思いますが……。

★勇者さま！」を手に取り、同じようなことやっている出版社ってあるんだ、と思ってデビュー作『黄金竜を従えた王国』を送ってみました。そして、すぐ採用。ページ数が増えていたこともあって上下巻で出すことになりました。

『黄金竜を従えた王国』応募FD

し、戦国時代好きの私の肌に合ったのでしょう。

作品内容、世界観あれこれ

——ハーレムシリーズの世界観は中世ヨーロッパのようなイメージかな、と感じるのですがいかがでしょう？

——シリーズを20作以上書き連ねてきて、書き方でここが変わったという点はありますか？ ハーレムシリーズ本体については文体がほとんど変わっていない印象がしました。

ハーレムシリーズを書き始めたときには、私も それなりの数の作品を刊行していましたから、技量もそれなりに安定した、ということはあると思います。

ただ、一番変わったのは執筆速度です。
デビュー当時、筆の乗る乗らないは関係ない。一日十ページずつ埋める。そうすれば、二十四日で終わるんだ。途中多少サボったとしても、一ヶ月あれば十分に書きあがる」ということに気づいたんですよね。十ページって、運がよくて四時間もあれば埋めることができるんです。それ以来、執筆の速度が格段に上がりました。

しかし、いつ頃からか、ふと、「筆の乗る乗らないで書いていて、締め切りが近くなってから強引に書くという感じで、編集や絵師さんにもいろいろとご迷惑をおかけしました……。

よくいわれますが、中世ヨーロッパではありません。中世ヨーロッパって物凄く不衛生なんですよ。いろんな意味で不潔。というか、現代に生きる者にとって、やっぱりその頃の生活は耐えられません。

この世界観は、よくあるジャパニーズRPGと同じです。魔法があって、ドラゴンが人を乗せて飛んで、シャワーもあるし、トレイも清潔。お風呂にもしっかり入っているから、女の子の肌も髪も綺麗です。

——成程……。そういえば、『ハーレムキャラバン』で、約半年かけて世界一周している（P.66）とこ ろを見ると意外に大陸は狭いようにも思われますが？

基本的に日本と同じぐらいの広さを考えています。国家といっても、尾張とか越後といった規模の国であります。その割には、荒野だの砂漠だの密林だのありますが、まあ、その辺は架空の世界ということでご容赦下さい。

まさに戦国時代の日本的なイメージですね。焼き芋や羊羹といった日本的なアイテムも大胆に登場させていますが《ハーレムキャッスル3》第一、四章）その辺のさじ加減は？

近代化される以前の、つまり、江戸時代ぐらいのものは出していいだろうと思っています。もう少し具体的には、『ドラゴンクエスト』や『ファイアーエムブレム』や『テイルズシリーズ』や『アトリエシリーズ』ぐらいの文化レベルで、まだ『ファイナルファンタジー』や『白騎士物語』には達していない、と考えて下さい。

魔法なんていう便利なものがある以上、あっという間に『ファイナルファンタジー』レベルになっても不思議ではないとは思うのですが……。

——興味深いお話です。最新作『ハーレムジェネラル』では補給路なども含めた戦争全体を描かれています。戦争描写で心がけておられることなどありますか？

戦記モノを呼んでいると、当たり前の作戦の一つですから。
現実の戦争は、人がいっぱい死んでいるわけで、洒落にならない悲惨なものであることはわかってはいます。しかし、物語として見る分には、血肉湧き躍って楽しいですよね。
だからこそ、軍記だ、というものが昔からある。この作品もまた、ロマンを楽しんでもらいたいと思って書いていますが、それなりのリアリティも出さないと、興醒めしてしまう。その辺のさじ加減が難しいところです。

——エッチシーンへのこだわりはありますか？

昔はあったような気もするのですが、数をこなしているうちに擦り切れてきました（笑）。今はまず魅力的なキャラを作ることを第一に考えています。

たくさんの作家さんが、男と女の組み合わせで書いている以上、どうしてもどこかでみたエッチシーンになってしまう。

それよりも「こんなに魅力的な美女の美人シーンが見られるんだよ」ということをウリにした方がいいと思ったわけです。

ただ、作品内で同じようなエッチシーンばかりにならないように気を使ってはいます。

そういえば、今も昔もそうなのですが、私には本当に輪姦の楽しさがわからない。他の男の精液が詰まっている穴に入れたいという感覚が理解できないのです。

女性にとっては楽しいのかもな、とも思うのですが、世の中の輪姦モノって、大抵女性も楽しんでいないんですよね……。

——といったことをお伺いしつつ、読者さんから多数質問が来ております。

★「シリーズには個性的なキャラがたくさん登場しますが、モデルになった歴史上の人物とかはいますか？」（猫猫さん・25歳♂）

プロット段階で意識することはあります。です

が、執筆するうちに、そのモデルとは別人になってしまいます。

——もし差し支えなければ別人になってしまった一例をお伺いできますか？

いや、ほとんど忘れてしまいました。頑張って思い出そうとすれば、たしかハーレムパイレーツのリカルドは、ジュリアス・シーザーの逸話を基にして作ったはず。

ハーレムジェネシスのアレックスは、毛利隆元の逸話ですね。親父が女好きだと、息子は女性問題に潔癖になるんだなぁ、と思ったのが始まり。

ハーレムキャッスルのフィリックスは、徳川吉宗や井伊直孝の少年時代の逸話を着想としています。

その他、う〜ん。なんだったかなぁ。あくまで

も物語を考える上でのきっかけであり、物語をこねくり回しているときには、モデルのことはすっかり忘却しているのが常でいまさら思い出すのが大変です。

ちなみに次回作の主人公は、毛利元就の子供のころの逸話を発想の原点にしていますが、たぶん、読者さんの手許に届くころには見る影もなくなっているでしょう。

★「キャッスルにて、ルイーズは自身を「ルイーズ・クリームヒルト」と名乗っていますが、他に姓名を同時に名乗ったキャラクターはいないと思います。（貴族として○○公□□などはいますが）ハーレムシリーズの世界は、基本的に姓を名乗らないのでしょうか？」（道の毛利・26歳♂）

——これは私も非常に気になったところです。

中世で姓がとっても大事なモノだということはわかっているつもりです。ただ物語として考えたとき、非常に面倒臭い。脇役の姓と名前を、場面ごとに使い分けられても、読者は混乱するでしょう？

その上、厳密に書こうと思えば、姓、名字、名前、通称、字、氏、官職などなどいくらでも要素が増えていく。国によっては、父親の名前を入れて、その息子と名乗らねばならないとか、ということで読者のわかりやすさを優先しているのです。

……決して、名前を考えるだけでも大変なのに姓まで考えられるか、という理由だけではあり

ません。

——(笑)。世界観に関連して類似の質問がお二方から。

★「俺は和風のお姫様がメチャメチャlovelove大好きなんですが、そんな方をメインヒロインにした東洋風の作品は考えてるんすか?」(石野修一・19歳♂)

★「ある東洋の島国のハーレムシリーズは書かないんですか? 戦国ハーレムシリーズみたいなタイトルで」(ふもふ・35歳♂)

ハーレムシリーズは基本的に無国籍な世界です。現実や物語を問わず面白そうな部分だけを寄せ集めたいい加減な夢舞台ですから、文化も自由自在です。機会があれば十二単を着た和風のお姫様を出すこともあると思いますよ。架空の世界ですから日本に似た東の国があるべきではないと思いますが、適当な国を和風にして出す可能性は大いにあります。

★「エルフとかドワーフとか亜人種とかは出ないのですか?」(江保場狂壱・34歳♂)

別のところでも一度書いたのですが《「二次元ドリームマガジン」52号》、亜人間は出さないつもりです。あくまでも人間による物語を考えています。

——もう少し詳しくお伺いできますか?

亜人間で需要があるのは、エルフくらいという気がするんですよね。例えば、「ドワーフの女とやりたい!」という需要がそうあるとは思えないですよ。その独り勝ちのエルフにしても、美人でプライドが高くて神秘的で——といった要素をお姫様でも代用が利いてくるわけです。亜人間を出すなら、天使や悪魔も登場するもっともっとごちゃ混ぜの、別の世界観でやりたいですね。

普段の執筆生活、趣味

——引き続きましてプライベート関連でいくつか質問が来ていますので差し支えない範囲でお聞かせ下さい。

★「いつも、どこでアイデアを考えていますか?」(大王ペンギン・25歳♂)

パソコンの前。シンプルな答で申し訳ないですが、アイデアを出そうと思って出さないと出ないタイプです。

★「ハーレムシリーズをいつも楽しませて頂いております。竹内先生の本は他のエッチ本とは違いて、物語背景、人物など緻密に記述しておりますので、エッチ以外でも十分楽しめる内容が個人的にすきです。さて先生の質問なのですが執筆中の気分転換でなにをしてリフレッシュしておりますか?」(nanashi_41・41歳♂)

ゲームをして、本を読んで、アニメを見て、週に三回泳ぎにいっています。基本的に一日のノルマである十ページを埋めるまでは頑張る。それが終わったら好きなことをする、という生活です。

——影響を受けた作品、作家(小説以外でも映画、アニメ等々媒体を問わず)についてお伺いできればと思います。

私の一番影響を受けた作品といえば、田中芳樹先生の『銀河英雄伝説』です。これに出会わなければ作家にはなろうとは夢にも思わなかったでしょう。私が生涯初めて書こうと思った小説は、コルネリアス・ルッツの物語、といえばどのくらい重症だったか、マニアにはわかるでしょう。田中先生の新作は必ず読むようにしています。

ライトノベルでいえば、『スレイヤーズ』の神坂一先生。この方の作品も出れば真っ先に読みます。

――とりわけ官能小説において影響を受けた作品、作家さんはいらっしゃいますか？

睦月影郎先生です。タイトルに惹かれて、官能小説を手に取ると、女性が不幸になる話がやたらにあった時期、睦月影郎の名前は数少ない安心のブランドでした。モテモテの主人公を中心に、ハッピーエンドの世界。これこそ官能小説の王道でしょう。

★「大河ドラマのような流れを感じるのですが、参考にしている本などがあれば教えて下さい」（nob・39歳♂）

本はたくさん読んでいるつもりですが、特定の作品をモデルにしているわけではありませんね。強いていえば、戦記もの全般でしょうか。

★「魅力的なヒロインがたくさんいますが、先生はヒロインの名前をどのように決めているのですか？　性格や作品での立場などで名前を決めたりしているんですか？」（シャイニング計算機・20歳♂）

――無国籍風の語感の中に独特の雰囲気が感じられますが。

適当です（笑）。いろいろな本やアニメやゲームをみていて、面白そうな名前を見つけたらメモを取る。そして、プロットを決めて物語を書き始めたら、名前を付ける。物語とイメージが合わなければ響きを弄ってみたり変更する。その繰り返しです。

★「舞台にしやすい国、しにくい国は？　国を設定する際、参考にした国はありますか？」（He162・25歳♂）

ドモス王国は描きやすいですね。どこの世界にでもいるような、世界征服をしようというわかりやすい奴らです。
逆に書きにくいのはイシュタール（『ハーレムキャッスル』シリーズ舞台）ですかね。ここまで別格な人気があると、扱いに気を使ってしまいます。

――毎回ご自分の考案されたキャラがイラストになって描かれるわけですがその辺りの感想もお聞かせ下さい。

自分の中でキャラクターが美化されていることもあるのですが、ラフの段階だと違和感があることも逆に書いた作品をみると逆に「ごめんなさい」という気分になります。教訓、絵師さんの実力を下絵で判断すると恥をかく、ということですね。
もちろん、絵からインスピレーションを受けていることもあるのですが、完成した作品をみると逆に「ご

文章を変えることも多々あります。それと面白いのは、どの絵師さんも、なぜかこちらが十字を切ってくれるという凄い高確率で十字模様を見つけてくるということです。物凄いお願いしています。
それに、皆さん巨乳を大きく描かれる（笑）。スレンダー美人と書いても、お姉さんキャラは乳がでかくなる。綺麗で格好いい美人お姉さんを、貧乳に描いてくれる絵師さんはいないものでしょうか？

――……担当に申し送りしておきます。

世間で流行っている女優さんをみると、貧乳美人こそ売れていると思うんですけどね。あ、もちろん、巨乳お姉さんが嫌いというわけではありませんよ。私は博愛主義者ですから、どんなタイプでもわけ隔てなく愛しています。だから、いろんなタイプの女性を描いて欲しいなぁ、と思うのです。

シリーズお気に入りの作品

★「ご自身が一番思い入れのある作品は？」（ご神体・29歳♂）

『黄金竜を従えた王国』でしょう。デビュー作ということで思い入れがあるのは当然として、世にでるまで紆余曲折がありましたからね。初めての増刷もこの作品でした。お陰で、増刷されるのは

68

当たり前なんだと勘違いしてしまったものです。また、当時、深夜のテレビ番組がキルタイムさんを取材した際に、レーベルを代表する人気作として紹介してもらいました。それなのにキルタイムさんでの刊行ペースが鈍っている間に絶版。私の作品の中で、絶版となっているのを見つけたのは、これが唯一無二です。それだけにショックは大きかったなあ。

それがハーレムシリーズのヒットに伴って、読者の皆様が読みたいと訴えてきた。しかし、諸事情で電子書籍化もできず、申し訳ないと思いながらも、私も半ばあきらめていたときに——

——折良くと申しますか、2010年末の再刊が決まりました。

「そう来たか!」と編集部の裏技に驚かされました。まさに波乱万丈。いやはや、手間のかかる子ほどかわいいものです。

★「先生はどの作品が一番完成度が高いと思いますか?」(シャイニング計算機・20歳♂)

「どれもわたしの傑作です!」「最新作が常に最高の出来です!」——といえれば格好いいのですが。自分で面白かろうと思って書いた作品です。どれもこれも読み返せば楽しい。しかし、同時に粗も見つかって悔しい。強いて一つを選べといわれれば『ハーレムパラ

ディン』は綺麗に纏まったな、と思っています。シリーズ初の雑誌連載だったこともあって、他の作品よりも推敲する時間が多かったですから。それにイラストも多いお得な一冊です。

——今後のシリーズの展開についてお聞かせ下さい。

★「ズバリ、先生は御自分の作った作品キャラでヌキますか?」(カニマン・36歳♂)

——というストレートな質問も来ております。のであわせてHしてみたいキャラなどもお伺いできればと。

パールパティかな。やっぱ恩師とやるのは永遠のロマンでしょう(笑)。ちなみに、ゲームでアバター制作するとき、女戦士=ウルスラは鉄板です。(オルシーニ=サブリナ)二重王国の成分が足りない、ということは自覚しています。なんとか二重王国の陣容を厚めにしていきたいですね。あと、やっぱりあのバカは、そのうち謀反するのでしょう。

——最後に読者の皆様への一言をいただければと思います。

主人公を一人に決めて書く物語でしたら、ここまで続けることはできなかったと思います。毎回違う人物を主役に作品を取った形で、いくらでも作品を作れるようになりました。いつでも終わらせることができ、いつまでも続けられることができる。同時に、どの作品から読んでも、どの作品を読んでいなくてもそこはかとなく通じる世界です(もちろん、読めば読むほどに、世界観に深みと広がりを感じて面白みが増すはず……)。

読者さまの支持があれば、いくらでも書き続けることができるでしょう。今後とも御贔屓のほど、よろしくお願いいたします。

——本日はありがとうございました。

パールパティの魔法学園体験入学

トード魔法学園を訪れた少女時代のパールパティを迎えたのはあの二人のお姉様!?

特別書き下ろし短編小説 その1

「当学園の生徒会長を務めますベルベットです」

ガラリと扉を開けて颯爽と登場したのは、二十歳前後の美女であった。

すらりと背が高く、面細できめつめの顔立ちに、銀色の縁なし眼鏡をかけている。

煉瓦色の学園の制服の上から、紫色のローブを羽織った隙のない装いで、決して体型のわかりやすい服装ではないのだが、大変なナイスバディであることは、外側にまで十分に伝わっている。

それでいて、その犀利な表情と、腰まで届く豊かな金髪、そしてクールな立ち振る舞いと相まって、いかにも委員長タイプ。

自分が理想としていたお姉さま像の登場に、うら若き少女は頬をリンゴのように染めて、おずおずと挨拶を返した。

「わ、わたし、パ、パールパティといいます。あ、パティと呼んでください。ほ、本日はよろしくお願いします」

そこは大賢者トードの作った私塾。魔法学の最高峰として知られていた。魔法使いを夢見る者にとっての聖地であった。

幼いパールパティにとっては夢の世界であった。

その制服姿を見ただけで、胸が高鳴ってしまう。

物心ついたころから魔法に大変興味があった彼女は、どうしても魔法使いになりたかった。

トードの魔法学園は私塾であるし、厳密な年齢制限が

70

十年後には自分も彼女たちの仲間入りしているんだ。そう想像したパールパティは興奮を抑えきれずにきょろきょろと歩きまわった。

案内される場所ごとに、際限なく感動している少女の姿に、ベルベットは好ましげに微笑む。

「次は……どこかいってみたい場所はある？」

その言葉に甘えて、かねてからぜひいってみたいと思っていた場所をおずおずと口にする。

「あ、あの、オーフェンさまのサークルを少しだけ拝見したいです」

「えっ!? オーフェン……」

その名前を聞いて、何事にも動じなさそうな犀利なお姉さまが明らかに怯んだ。

星魅の魔女オーフェン。その名前を知らない人はラルフィント王国にはいない。

山麓朝と雲山朝の二朝に分かれて久しい王国の一方、山麓朝の雄として知られたオグミオス将軍と、王家の血筋を引いた名門の出自の母を持つ娘。

その毛並みのよさもあって、若干十歳にして、国王の前で魔法の実演をしてみせたという天才魔法少女。

魔法学園に入学してからも、様々な伝説を打ち立てている。

学園では、放課後気の合う仲間と集まって独自に魔法の研究をするサークルを作る習慣があって、オーフェンも

あるわけではないが、いくらなんでもまだ十歳にもならない年齢では早すぎると両親が許してくれない。

そこでせめて見学だけはしたいと、両親に無理を言って魔法学園に連れてきてもらったのだ。

父親は、小なりといえどラルフィント王国の地方領主であった。その一人娘であるパールパティは、ご令嬢と呼ばれる身分である。

その権威を使って無理やり見学にこぎつけたわけで、こういうやり方は、他人の反発を招くということも、少女は心得ていた。

（やっぱり、気分を悪くしているかしら？）

この日のためにとっておきのヒダのたくさんついた白いドレスを纏い、新緑のような爽やかな緑色の髪を、お気に入りのリボンで留めていた。

緊張している貴族令嬢の姿を頭の先から爪先までシゲシゲと見たベルベットは、眼鏡の奥で優しく笑う。

「では案内をさせていただきます」

ベルベットに連れられて、キャンパスに出たお人形のような少女は感嘆の声を張りあげた。

「うわ、すごい。はぁ……本当に六つの塔がある。高い。ああ、ここが魔法学園っ!?」

もう放課後であったから授業は終わったのだろう。十代半ばのお姉さまたちが、みな颯爽と歩きまわっていた。

だれもかれもが格好よくて輝いて見える。

また、サークルを主宰していた。その名も『お星様だってあたしの虜』クラブ。なんとも人を喰ったネーミングだが、それゆえに、オーフェンは『星魅の魔女』という二つ名で呼ばれることもある。

 男子禁制とのことだが、主催者の抜群のネームバリューと、その人柄を慕って多くの生徒が参加して、次々と斬新な発想で魔法を開発した。

「や、やっぱり、ダメですか？ お勉強の邪魔ですよね……。でも、一度お会いしてみたかったな。きっとすごい知的で、エレガントで素敵な方なんでしょうね」

 憧れの溜め息をつく少女を前に、ベルベットの頬には冷や汗が伝う。

「知的で、エレガント……。そ、そう、世間ではそうなっているの？ あはは……」

「なぜかどうしても行きたいと言うなら止めないけど……その前に、そろそろ喉が渇いたんじゃありませんか？」

「え、あ、はい。少し……」

 一刻も早く伝説の魔女の姿を拝見したかったが、ベルベットが明らかに行きたくない雰囲気を察したパールパティは素直に応じた。

「では、食堂に行きましょう。学園の名物である超特大アイスクリームソーダパフェをごちそうします」

「超特大アイスクリームソーダパフェ!? ありがとうございます」

 その魅惑的な瞳を輝かせたパールパティが、優しい生徒会長の後ろを、親鴨に続く子鴨のように元気よく歩いていた時である。

 ドオーン！

 けたたましい爆発音とともに粉塵が舞い上がった。

「えっ!?」

 突然のことに、パールパティにはなにが起こったか解らない。

「おっと、大丈夫」

 気がついた時には、柔らかいクッションに顔を突っ込んでいた。

 それが女性の胸だと気づいたのは、顔を離してからだ。

「おどろいた～、なんで、こんなところにこんな小さな子がいるのよ」

 パールパティの両肩を抱いて、その顔をしげしげと覗き込んだのは、ピンク色のふわふわとした髪に、薔薇色の瞳をした女性だった。

 顔の作りは繊細だったが、美人にありがちな冷たさはなく、とても親しみやすい雰囲気がある。

 二年生の階級を現すバッチをつけ、緑色の制服を着て

72

いたが、その着こなし方が少し、いやかなり特殊だ。ブラウスの胸元が大きく開き、胸の谷間がかなり深く露出させている。

そのセクシーでお洒落なお姉さまは、陽気に声をあげた。

「大丈夫だった?」

「あ、はい」

パールパティはどぎまぎしながらも、コクリと頷く。

「それはよかった」

砂糖菓子のような甘い笑顔を浮かべたお姉さまは、よしよし、とパールパティの頭髪を撫でた。

その後ろでは姦しい女の子たちの言い争う声が聞こえてくる。

「はぁ〜、今度ばかりは死ぬかと思った〜……」

「だから、あの二つの触媒混ぜたら不味いって言ったでしょ」

「何事も実験よ、実験。文献が正しいとは限らないでしょ、ひぃ!」

なにやら口論している女の子たちが、不意に悲鳴をあげる。

「オーフェン、こっちヤバイ。直撃しているのがいる」

「え、マジ、もしかして死んじゃった」

ピンク色の髪をした女学生は、パールパティをおいて慌てて駆けつける。

「いや、生きていることは生きている。気絶しているだけ。でも、最悪……よりによってこの歩く小言を巻きこんじゃうなんて」

「うわ、最悪……よりによってこの歩く小言を巻きこんじゃうなんて」

ピンク色の髪のお姉さまが、仲間たちと額を寄せ合って見下ろす先では、ベルベットは蟹股開きで仰向けに倒れていた。

横を見ると、廊下の壁に大きな穴が開いている。ここでようやく、パールパティはなにが起こったか、察することができた。

たぶん、このお姉さまたちは廊下の向こう側の部屋で、なにか魔法の実験をしていたのだ。

そして、失敗。大爆発を起こしてしまった。

とっさに逃げながら、目の前にいたパールパティを抱きしめて救出してくれたが、ベルベットまでは手が回らなかった、ということだろう。

生徒会長を任されるくらいだ。ベルベットもまた魔法の達人なのだろうし、まさか廊下を歩いていて、突然、壁が爆発すると考える人はそうはいないに違いない。

完全に意表を突かれたため、なんら対処できずに爆風に巻きこまれて気絶してしまったのだ。

先ほどまで隙のない立ち振る舞いで、学園を案内していた素敵なお姉さまが、現在は、紫色のローブはめくれ、

ブラウスが裂けて中からベージュ色のブラジャーが覗き、スカートがめくれて、ベージュ色のショーツが丸見え。知的な眼鏡も斜めにずれて、口元を半開きにして気絶している。かなり哀れな姿だ。
「どうする？　うち、もともと生徒会長には目付けられていたよ。こりゃ、絶対予算削られるよ。悪くすると、解散とか」
「そうねぇ……。傷を消すのは簡単なんだけど、記憶を消すってのは難しいのよね～」
　リーダー格らしきピンク色のふわふわ髪のお姉さまは腕組みをしながらなにやら物騒なことを呟いていたが、不意に指をパチンッと鳴らした。
「籠絡しちゃおう♪」
「げ、マジっすか？」
　驚く仲間たちを見回した、ピンク髪のお姉さまは、なんとも悪い笑顔を浮かべて胸を張る。
「うふっ、どんなにお堅い生徒会長さまでも、一皮剥けば牝よ。あたしに任せなさ～い♪　ということでちゃっちゃと運び込んで」
「ほーい」
　パンパンと首謀者が手を叩いて促すと、仲間たちはテキパキと動き、気絶しているベルベットを室内に拉致してしまう。
　その間に、リーダーのほうは廊下の壁に大きく開いた穴に、なにやら魔法をかけている。みるみるうちに元の綺麗な渡り廊下に戻るさまを、パールパティは息を飲んで見守った。
「これでよしっ♪」
　魔法の完成度に満足したお姉さまは、証拠隠滅完了とばかりにその場を立ち去ろうとしたが、慌てたパールパティはそのローブの裾を掴まえた。
「ん？　なに、どっか痛いの？」
「あなたがオーフェンさまですか？」
「そうだけど……？」
　その返答に、パールパティの頬はみるみるうちに薔薇のように赤くなる。
「あ、あの……はじめまして、わたし、パ、パールパティといいます。オーフェンさまのご実家レナス家の隣サラミス家の者です。えっとだから、オーフェンさまの名前は昔から存じ上げていました。その……十年に一人の天才魔女と呼ばれ、トードさまの愛弟子、星魅の魔女。わたしもオーフェンさまみたいな魔女になりたくて、大きくなったら、この学園に入学したいって思っていたんです」
　身分的にも近いこともあって、憧れの存在。まさに理想のお姉さまだ。
　彼女の存在があったからこそ、パールパティもまた魔

法学園に入ろうと決意したといっても過言ではない。お姉さ
「へ、へぇそうなんだ……」
大興奮の少女を前に、オーフェンは若干引き気味に頷く。
知的でエレガントというのとは違うが、明るく親しみやすい雰囲気のお洒落なお姉さまと出会って、たちまちパールパティの中の理想の女性像が入れ換わる。
「あの、ベルベットお姉さまになにをするんですか？ この事故のもみ消しですよね。お願いします。わたしにもみせてください。絶対だれにも言いませんから！」
「もみ消しって」
無邪気な決めつけに、オーフェンは明後日の方向を向いて頬を掻く。
「まぁ、いっか。じゃ、ついてきて」
「あ、ありがとうございます」
憧れのお姉さまとお近づきになれる。それも共通の秘密を持てるという幸運に、パールパティは跳ねるようにして、伝説の魔女の後ろを付いていった。

　　　　　　　　　※

（ここが、オーフェンさまの魔法工房）
部屋内では、六人くらいの女生徒たちが忙しく魔法の実験に励んでいた。
その片隅にはベッドがあって、現在は生徒会長のベルベットが横たわっている。

とりあえず気づくまでそのままということだ。お姉さまたちの勉強の邪魔をしては悪いと思ったパールパティは、ベルベットの傍らの椅子に座って、あたりの様子を見学していた。
（ああ、わたしも早く大人になって、こんな素敵なお姉さまたちの仲間になりたい……）
時の経つのも忘れてうっとりとしていると、やがて横たわっていたベルベットが呻き声を漏らした。
「う、う～ん……」
「あ、生徒会長さんがお気づきになられました」
パールパティの呼びかけに、さっそくオーフェンが寄ってきました。
「どれどれ、ようやく眠り姫のお目覚めか」
笑みを浮かべて舌舐めずりをするオーフェンは、実に楽しそうにベルベットの耳元で呼びかけた。
「セ・ン・パ・イ♪」
「はっ、あなたはオーフェン！ なんでわたしはここに……はっ」
驚愕したのけぞったベルベットだが、どうやら気絶する寸前になにがあったか思いだしたようで、みるみるうちに顔を朱に染めていく。
「オーフェン。またあなたたちですか！ 毎度毎度、懲りずに騒動を起こしてくれますね！」
「あはは、それだけ勉強熱心だってことで♪」

激怒する生徒会長を、星魅の魔女はへらへらと笑って受け流す。

二人のやり取りを見るに、どうやら、今度のような事故は初めてではないということは、パールパティにも察せられる。

オーフェン信者といっていい少女も、さすがにちょっと呆れた。

「ちゃんと壁は直しておきましたよ。それにセンパイの手当ても、こうやってしてあげたでしょ♪」

血相を変えるベルベットに、オーフェンは気軽に指し示す。それを受けてパールパティが慌てて返事をする。

「当たり前です！ まったく、はっ！ わたしと一緒にいた女の子はどうしました!?」

「パールパティちゃんなら、そこにいるよ」

「オーフェンさまに守っていただきました」

「そう、よかった……。怪我はない？ 痛いところはありませんか？」

「はい。お陰さまで」

預かり者の少女の様子を丁寧に確認したベルベットは、ようやく安堵の溜め息をつく。

それからキッと、オーフェンを睨みつける。

「勉強熱心なのは認めます。ですが、まったくこんな小さい子になにかあったらどう責任を取るというのです」

「いや、その点に関しては反省しています」

面目ないといった様子で頭を掻くオーフェンに、ベルベットは舌鋒鋭く詰め寄る。

「だいたいあなたのその制服の着方はなんですか!? いくら放課後だからといってるんでいます。わたしが卒業したら、嫌でも来年度はあなたに生徒会長を継いでもらわなくてはならないのですよ。わかっているのですか？ あなたには全校生徒の手本になってもらわねば困るのです」

血筋といい、知名度といい、学業の成績といい。翌年度のオーフェンの生徒会長就任は覆しえない既定の路線なのだろう。

物凄い勢いで説教を始めたベルベットに、さすがのオーフェンも辟易している表情で言い訳する。

「いや～わたしって胸大きいでしょ。だから苦しくって♪」

「大きくても問題ありません」

ドンッ！

一喝と同時にベルベットは胸を張ってみせる。その双乳はオーフェンに勝るとも劣らないが、ちゃんとブラウスの中に収まっている。

「あはは、センパイには叶わないなぁ」

冷や汗を流すオーフェンに、ベルベットはさらにネチネチネチネチと説教を続けようとするが、オーフェンは慌てて止める。

「ストップ、ストップ、ストップ。センパイはこのかわい

いお嬢ちゃんに、学園の案内をしていたんですよね。そんな怒ってばっかりだと、学園に悪印象持たれちゃうよ。それでいいのかな～?」

「もう、ああ言えばこういう……」

茫然としている少女の顔をちらっと見たベルベットは、しぶしぶ口を噤む。

そこにオーフェンは、とりなすように媚びた声を出します。

「そこでせっかく魔法学園に体験入学してくれたお嬢様に、魔法の楽しい使い方をみせてあげようと思うのよね～。センパイも協力してくれませんか♪」

「な、なに……?」

問題児の胡散臭い笑顔に、生徒会長は若干引き気味に応じる。

「このあいだ、ちょっと面白い魔法具を開発したんだよね♪ パールパティちゃんも見てみたいでしょ?」

「オーフェンさまの新作魔法ですか? ぜひ♪」

心の底から興味を持ったパールパティは、目をキラキラさせて頷いた。

ベルベットの鼻先に自慢げに翳したのは、ピンク色の小さな卵のような物体だった。

それをしげしげと見つめたベルベットだが、どうやら予想も付かなかったらしい。

知らないものを見せつけられて、生徒会長である自分の面目を潰されたと思ったのか、ベルベットは怒ったように応じる。

「っ!? あなたが作ったものをわかるはずないでしょ!」

もちろん、見学しているパールパティにも想像が付かない。

それに対して部屋中のお姉さまたちはニヤニヤ顔。オーフェンも例外ではない。実に人の悪い笑顔で説明を始めた。

「これって小さいけど優れものなのよ～。ここにいる女全員。いや、パールパティちゃんは除いてだけど。あとは全員ひとり残らず気持ちよすぎて失禁しちゃったという曰く付き」

「気持ちよすぎて失禁?」

戸惑うベルベットににっこり笑ったオーフェンは、ベッドに飛び乗った。

「百聞は一見にしかずっていうけど、その身で体験するのが一番。では、センパイも堪能してください♪」

抵抗しようとしたベルベットを背後から抱きしめたオーフェンは、紫色のローブを脱がせて、両腕を後ろ手に縛る。

「ちょ、ちょっとなにを!?」

慌てるベルベットを他所に、オーフェンは下級生に指

「やめなさい。いくら女同士だからって、これは犯罪よ。パティさんみたいな幼い子のいる前でっ!?」
「魔女っていうのは、昔から淫乱って決まっているのよ。パティちゃんも魔女志望なら問題ないわよ」
「そんな偏見を広めるんじゃありません!」
　怒るベルベットの剥きだしになった右の乳首に、オーフェンは小さな卵のような魔法具を装着していた。ついでに左の乳首にも乗せた。
「室長。こっちも装着終わりました」
　下半身では、蟹股開きにされたベルベットの股間には、リリカルと呼ばれていた一年生美人が、同じような魔法具を装着していた。
　当時のパールパティには思いもよらないことだが、そこはちょうどクリトリスの位置だ。
「よ～し、それじゃ魔法起動」
「はいな♪」
　オーフェンの陽気な合図とともに、それぞれの指先が、小さな卵のような魔法具をツンと突つく。
　それと同時に、オーフェンとリリカルはひょいっとベッドから飛び下りる。
「やめなはぁぁぁぁぁ!!!
　ヴィ～～ン、ヴヴヴヴヴ
　三個の小さな卵状の魔法具が、細かく振動を始めた。股を開いたままの声にならない悲鳴をあげたベルベットは

「示を出す。
「暴れない暴れない。リリカルたちは、下半身をお願い」
「り～かいしました♪」
　一年生の制服をきたお姉さまたち三人ほどがベッドに飛び乗ると、それぞれ捕らわれの生徒会長の足を一本ずつもって左右に開かせた。それから若手のリーダー格らしきお姉さまは、煉瓦色のミニスカートをたくしあげる。
「あなたたちなにをするつもりなの!?」
　血相を変えて暴れようとするベルベットだが、寝起きであるし、上半身と下半身に多くの女に取りつかれてはたいした抵抗はできなかった。
「聞きましたよ。センパイって、実は婚約者いるんですってね。でも、この学校に寄宿していると、会えなくて寂しいんでしょ?」
「そんなことは……」
「素直になっちゃってくださいよ。わたしも好きな男の子いるから気持ちはわかります。たっぷり慰めてあげますよ」
　みるみるうちにブラウスのボタンは外され、ベージュ色のブラジャーがあらわとなる。
　オーフェンはブラジャーを、リリカルはショーツを奪い取った。
　ぶるんっと巨大な乳房があらわとなり、ピンク色の乳首が震える。股間では金色の陰毛が逆立っていた。

78

ま、背筋をのけぞらす。
「ああ～、ダメ、とりなさい。とってぇぇ、あああ、いや～～ッ」
大きく口を開き、涎を垂らしながら悶絶する美女の姿を見下ろして、見学人一同は生唾を飲む。
「さすが生徒会長。いっぺぇ～」
最上級生らしい成熟した肉体が身も世もなく悶えている。
その淫らな躍りには、なんともいえない気品があった。
「わたし、もう我慢できない」
オーフェンは制服のスカートの中に両手を突っ込むと、するするとショーツを脱いだ。
それをポンとパールパティの頭の上に置くと、再びベッドに飛び乗った。
そして、悶えるベルベットをうつ伏せにするや、自らの地位を継がせようとしている下級生の女性器に、無理やり顔を押しつけられたベルベットは、理性が飛んでしまったのか、唇を大きく開くと舌を突き出した。
「あん、素直に舐めるなんて、センパイも結構スキね♪あぁ、センパイもお堅い顔してやっぱり魔女なんだ。魔女は淫乱じゃないとね。あん、いいセンパイの舌イイィ♪

自分たちの棟梁が暴走してしまったのだ。手下たちもそれに倣う。
「ほんと室長って淫乱ですよね。そんなに淫乱だと、だれでしたっけ、え～と、バージゼルくん？センパイの思いの人に嫌われちゃいますよ」
呆れ顔のリリカルの指摘に、オーフェンは頬を膨らませる。
「大丈夫よ。わたしはバージゼルくんのためにテクニックを磨いているのよ。絶対わたしの虜にしてみせるから♪」
揶揄したリリカルもまたベッドに乗り、うつ伏せになり高く翳されているベルベットのお尻に顔を埋める。そして、クリトリスに付いている魔法具はそのままに、肛門に舌を這わせた。
「はぁぁ、あん、イイヤ!!!ゾクゾクゾク……」
乳白色の肉感的な肢体が激しく痙攣しているさまを見て、オーフェンは楽しげに笑う。
「うわ、センパイってば敏感。もうイっちゃったんだ」
「うん、たしかに凄い敏感。エロいのは見た目だけじゃなかったんですね。ほんとの淫乱だわ」
口々にからかわれてベルベットは反論を試みる。
「あ、あなたたちに、言われたく、ありまぁぁぁぁ!!!」
「ほらまたイった。センパイかわいい♪」

乳白色だった肌が桜色に色づき、一面に水滴が吹き出している。まるで色気の塊のような女体だ。

そのあまりの淫らさにオーフェンや、リリカルに続いて、部屋にいた女たちが次々と裸になって群がり参加していく。

「あ、あなたたち、いい加減に、しな、ああ〜〜、ゆるしてぇ、おかしくなっちゃう。も、もう、ダメ、あああ、いや〜〜ッ」

「センパイったらイきっぱなしじゃありませんか。うふふ、その魔具、気に入ってくれたみたいですね。さっきのお詫びにそれあげますよ。これで夜の一人寝も寂しくありませんよ」

「ひぃぃぃ、あぁぁぁん、ひぁぁぁぁん……!!!　シャ――ッ!」

肉感的で美しいお姉さまの開かれた股間から、一筋の液体が噴水のように舞い上がった。そして、驟雨となってあたりに降り注ぐ。

「ほら、センパイも漏らしちゃった♪　後輩たちにおしっこ浴びせながらイってるセンパイの姿、すっごい素敵です♪」

狭い室内で七人ほどの美しい女たちが、くんずほぐれつ裸身を絡ませ合わせる。

それはパールパティの想像を絶した世界だった。

魔法学園は、彼女にとって、天国に等しい理想の世界

である。そこの住人は神々のような存在だった。

そんな憧れのお姉さまたちがみんな裸で睦み合う光景を、ただただ目を丸くしてみている。

レズ乱交とはいえ、さすがに入学前の童女を巻きこむのは不味いと思ったのだろう。だれもパールパティには手を出さなかった。

（うわぁ――、うわぁ――、うわぁ――綺麗……）

たたただ美しいお姉さまたちの祭りを見学して、純真無垢な少女の脳裏は真っ白になるほど興奮していた。

そんな刺激的な体験入学を終えたパールパティは、ワクワクしながら帰宅。着替える時ショーツの中がぐっちょりと濡れていることを知った。

これがパールパティの性の目覚めである。

※

（わたしもあの仲間に入れてもらいたい。ベルベットお姉さまみたいに、オーフェンさまの玩具になりたい）と切実に思ったパールパティであったが、それから八年後、正式魔法学園に入学した時には、あのころの先輩たちはみな卒業してしまっていた。

噂によると、ベルベットは、貴族の方と結婚。しかし、旦那さんが若くして亡くなり、世を儚んで出家。いまは西国の朱雀神殿の支社で別当をしているらしい。

オーフェンは、『マジカル星姫☆』という魔法の小物屋を全国展開させて大成功させている。噂だと魔法で大人

80

の玩具を販売したのが、大ヒットの秘密だとか。私生活でも充実して、念願のバージゼルという方と結ばれた。なんでも三姉妹で同じ男性と同時に結婚したとか、やっぱりあの方は只者ではない。
「やった。だからセンセイ大好き♪」
ハチャメチャな学園生活を期待していたパールパティだったが、その学園は拍子抜けするほどに平和だった。
(まぁ、オーフェンさまみたいな破天荒な人にそうそういられても困るのですが……)
異性や同性を問わず、幾度も交際を申し込まれたこともあったパールパティだったが、すべて断って勉強に励んだ。
みんないい人だとは思ったのだが、オーフェンを理想とする目からは平凡に見えてしまい、お付き合いする気になれなかったのだ。
お陰で勉強には集中できたので、優秀な成績を修めることができ、卒業後はマスタークラスに進み、教諭という形で学園に残ることになった。
そして、現在——。

「もう、ケーニアスくん。わたしは先生なのよ。それなのに、そんなものを穿いて授業しろっていうの?」
始業ベルが鳴る直前、トイレに連れ込まれたパールパティは、下着の代わりに、オムツを付けさせられていた。
「大丈夫です。ちゃんと消臭の魔法をかけておきましたから周りには臭いません。授業中にこっそりとお漏ら

してみてください」
「もう、こんなことしてなにが楽しいのかしら。わかったわよ、ケーニアスくんの頼みじゃ断れないものね」
さすがはあのオーフェンお姉さまのご子息だけあって、彼のやることはとってもえぐい。
でも、退屈な学生時代とは違って、パールパティの教師生活は充実していた。
いまの自分は、あのときのベルベットのように綺麗だ。いえ、それ以上に。
(あん、いくら臭わないオムツを付けられても、授業中にお漏らしなんてできないわよ。でも、できるまでやらされちゃうでしょうね。あん、ダメ。おしっこじゃない液体でオムツがグチョグチョになっちゃう♪)

END

「パールパティの魔法学園体験入学」関連作品のご案内

三人の乙女たちのその後は──

『ハーレムエンゲージ』
挿絵／あさいいちこ

相も変わらずラルフィント選り抜きの魔術師として活躍するオーフェン。魔法具店「マジカル星姫☆」の経営も順調で、愛するショタ少年を手コキやらパイズリでからかったりと大忙し。

作品情報は⇒P.33

『ハーレムシスター』
挿絵／神保玉蘭

ベルベットは夫と死別したあと、朱雀神殿の修道女に。熟した媚肉は欲求不満気味で、オーフェンから押しつけられた魔法具で自分を慰めることも。そこに亡命王族が飛び込んできて?

作品情報は⇒P.25

『ハーレムウィザードアカデミー』
挿絵／SAIPACo.

長じて無事トード魔法学園の女教師となったパールパティ。オーフェンの息子が彼女に一目惚れしたことからどたばたラブコメディの幕が上がる!

作品情報は⇒P.35

3冊揃って好評発売中!!

ハーレムシリーズ公式ガイド イラストレーションギャラリー

ハーレムシリーズ既刊全ての表紙口絵イラストに加え、各種特典のカラーイラストを一堂に集めてご紹介。更に更に、『二次元ドリームマガジン』に収録されたカラーイラストと外伝小説を完全再録!! ここでしか見られない＆読めない美麗なアートギャラリーをじっくりとご覧下さい。

P.84 ………… ハーレムシリーズ表紙口絵＆特典イラストギャラリー
P.104 ………… 『二次元ドリームマガジン』カラーイラスト小説ギャラリー

↑『ハーレムキャッスル』口絵
➡『ハーレムキャッスル』表紙
イラスト◎Hiviki N

↓『ハーレムキャッスル2』表紙

↓『ハーレムキャッスル2』口絵

84

←『ハーレムキャッスル3』表紙
↓『ハーレムキャッスル3』口絵

↓『闘神艶戯10』表紙　イラスト◎時丸佳久

Harem Pirates
ハーレムパイレーツ

← 『ハーレムパイレーツ』口絵
↓ 『ハーレムパイレーツ』表紙
イラスト◎浮月たく

➡『ハーレムパイレーツ2』口絵
⬅『ハーレムパイレーツ2』表紙

HAREM PALADIN
ハーレムパラディン

➡『ハーレムパラディン』表紙
⬇『ハーレムパラディン』口絵

ハーレムシスター

➡ 『ハーレムシスター』口絵
⬇ 『ハーレムシスター』表紙
イラスト◎神保玉蘭

88

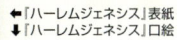

↑『ハーレムウェディング』口絵
→『ハーレムウェディング』表紙

ハーレム ウェディング
Harem Wedding

←『ハーレムジェネシス』表紙
↓『ハーレムジェネシス』口絵

ハーレム ジェネシス
Harem Genesis

↑『ハーレムキャラバン』表紙
←『ハーレムキャラバン』口絵
イラスト◎七海綾音

Harem Caravan
ハーレムキャラバン

ハーレムシャドウ

← 『ハーレムシャドウ』口絵
↓ 『ハーレムシャドウ』表紙

91

↑『ハーレムクライシス』表紙
←『ハーレムクライシス』口絵
イラスト◎龍牙翔

ハーレムデスティニー
Harem Destiny

➡ 『ハーレムデスティニー』口絵
⬇ 『ハーレムデスティニー』表紙

↑『ハーレムファイター』表紙
➡『ハーレムファイター』口絵
イラスト◎浅沼克明

ハーレム
プリズナー
HAREM PRISONER

➡『ハーレムプリズナー』口絵
⬇『ハーレムプリズナー』表紙

ハーレムエンゲージ

➡『ハーレムエンゲージ』口絵
⬇『ハーレムエンゲージ』表紙
イラスト◎あさいいちこ

96

↑『ハーレムウィザードアカデミー』表紙
←『ハーレムウィザードアカデミー』口絵
イラスト◎SAIPACo.

ハーレム
ウィザードアカデミー
─ HAREM WIZARD ACADEMY ─

ハーレム レジスタンス
Harem Resistance

↓『ハーレムレジスタンス』ショップ特典
スティックポスター

← 『ハーレムレジスタンス』表紙
『ハーレムレジスタンス』口絵
イラスト◎かん奈

98

ハーレムジェネラル

➡「ハーレムジェネラル」表紙　⬇「ハーレムジェネラル」口絵

⬆「二次元ドリームマガジン」
53号表紙イラスト
⬅「二次元ドリームマガジン」
53号カラーピンナップ
➡「二次元ドリームマガジン」
51号表紙用イラストカット

→『ハーレムマイスター』ショップ特典バレンタインカード

↑『ハーレムマイスター』口絵
←『ハーレムマイスター』表紙
イラスト◎高浜太郎

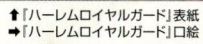

↑『ハーレムロイヤルガード』表紙
➡『ハーレムロイヤルガード』口絵
イラスト◎のりたま

美姫陵辱

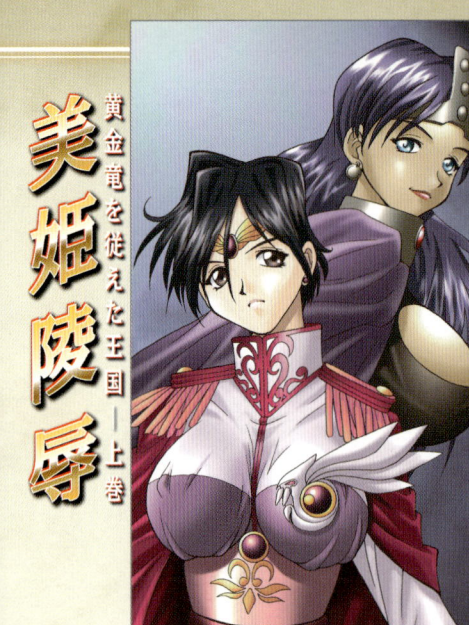

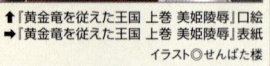

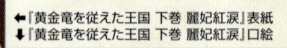

黄金竜を従えた王国―上巻

↑『黄金竜を従えた王国 上巻 美姫陵辱』口絵
↓『黄金竜を従えた王国 上巻 美姫陵辱』表紙
イラスト◎せんばた楼

麗妃紅涙

黄金竜を従えた王国―下巻

←『黄金竜を従えた王国 下巻 麗妃紅涙』表紙
↓『黄金竜を従えた王国 下巻 麗妃紅涙』口絵

女王汚辱 鬼骨の軍師

↑『女王汚辱 鬼骨の軍師』口絵
←『女王汚辱 鬼骨の軍師』表紙

→『ふたりの剣舞』表紙
→『ふたりの剣舞』口絵
イラスト◎B-RIVER

ふたりの剣舞

「あはぁん、そんなに舌を入れたら……♪ 絶世と呼んで差し支えのないお姉さまの蜜壺に、舌を思いっきり押し入れた少年はグリグリとかき混ぜた。
「すごいですよ、シルヴィアさんの熱い舌が、絡み付いてきます!」
熱い煮汁がドロドロと止め処なく流れ落ちてくるものだから、少年は溺れないようにゴクゴクと嚥下しながら、舌を動かす。
「ああ、そんな奥までェ舐めちゃダメぇよぉ!?」
「う、アレステリア、そんなに腰使わないで、そんなにされたらぼく、また……」
「ダメぇ、また一緒にイきたいの……」
清純派の童顔とは裏腹なムチムチボディの持ち主である。そして、腰使いは鬼のように激しい。
まだ初体験から間もない少女なのだが、すっかりセックスの快感に目覚めてしまったらしい。女性器もまた、やればやるほど具合のよくなる名器である。
逸物が蜜壺の中で熱く蕩けて消化されてしまいそうだ。
「あはっ、オルフィオのおちんちん、またビクンビクンしていますぅ♪」
「くぅ!」アレステリアの熱い髪も絡み付いてくる♪」
「ああ!!」
「舐められちゃう!!!」
ブチュグチュブチュグチュチュチュ……。
愛液と唾液の交じりあう淫らな水音がくる回される淫らな水音が奏でる精液と愛液がこね回される淫らな水音が奏でる二重奏。桃源郷の営みはいつまでも続いた。

104

ハーレムエンゲージ／イラスト◎あさいいちこ　　　　　　　　　　　　　　　　　　　　　　　初出『二次元ドリームマガジンVol.33』

　れたら、アーリーさま、そ、そんなに激しくさ小豪族レナスの城主一家。長女イヴゥンは沈着冷静な女将軍、次女のオーフェンは天才的な魔女、三女のアーリーは勝気な女剣士。そして、彼女らの義母ファシリアは貞淑な未亡人として知られた。
「いいよ！　また出してっ！　ビュービューっ
て、あたしの中にいっぱいかけててっ！」
　騎乗位で大股開きになった末妹は、自らの乳房を揉みしだきながら、ズッコンズッコンと物凄い勢いで腰を上下させていた。まるで男女の営みを剣術の勝負と同じに考えているのではないか、と勘繰りたくなるほどの勢いである。
「もう、アーリーったら欲張りね。こんなにいっぱい汁が溢れちゃってるじゃない。それなのにまだ欲しいの？」
　少年に指マンをされている長女が、男女の結合部から溢れ出す混合液をペロリと舐めた。
「そうそう。いくらパークんが絶倫だからって、そんなペースで絞りとったら枯れちゃうわよ」
　緑色の鍔広帽を被った次女が、自らの乳首を少年に吸わせながらたしなめる。
「だ、大丈夫です。ぼくはお嬢様方とファ姉ちゃんを守るって決めたんだ。みなさんが満足するまで頑張ります！」
　泣き言を言ってしまった自らを恥じ入るように、少年は叫んだ。
「ゼルくんったら、そんなに気張らないで、情事を楽しみなさいな。そのほうがみんな楽しいわ。はい、わたくしのおっぱいもお食べなさい」
　義母もまた、次女に負けず劣らぬ巨乳な乳房で、少年の顔を包んできた。
「うっ、うむ……」
　レナス城の婿どのは、三女と騎乗位で繋がりながら、長女に指マンを加え、次女と義母の乳首を貪り吸った。

105

ハーレムパイレーツ2／イラスト◎浮月たく　　　　　　　　　　　　　　　初出『二次元ドリームマガジン Vol.39』

「ちょ、ちょっとあんたね。はぁっく……う……これってすごい恥ずかしいんだからっ。そ、そんなにジロジロみるなっ！」

男女の結合部に不躾な視線を感じた少女は、羞恥に肢体をわななかせながら、権高に睨んできた。

少年が謝罪するより早く、少年の顔を胸に抱く、片眼鏡をつけた軍服姿の女が嘲弄する。

「うふふ、王女さまったらカマトトぶっちゃって、みられて気持ちいいくせに♪」

しなだれかかっていた童顔の少女が、耳元で甘く囁く。

「はぁはぁ……王族の女なんてどうでもいい気にして面倒臭いでしょう。早くわたしにください。」

さらに少年の身体を背後から支えるように、図星だったのだろう。

愛液が大量に溢れだしたことからみても、ピクンッと狭くて襞の豊富な膣が締めあがった。

ドプ……ドロドロドロ……。

美女美少女たちの熱い吐息を浴びせられる少年の性感は否応なく高められる。

「ヴァネッサさん。そんなにエヴァを挑発しないで……ロゼさん。そんなにエヴァ、激しくされたら……く、あ……すぐに……出ちゃうよ!?」

グッチュムチュグッチュ。

意地になった王女さまの鬼のような腰使いと、左右の女の愛撫に少年は悶絶した。

106

「……うん♪ そ、そこいい……蕩けちゃう♪ ……あん♪ ああん♪」
女傭兵団『水晶宮』の支部長エリエンヌが、四つん這いの肢体を震わせ、まさに蕩けるような嬌声を発していたものだから、男子禁制の女傭兵団に唯一出入りを許されている少年クローシュの興奮はいっきに振り切れた。
「ぐチュクチュクチュクチュ……」
「ああ、団長ってばイヤらしい。自分から腰使っちゃうんだ……」尊敬する上司のあまりの痴態に目を瞠った。
「うふ……まさにおちんちんの奴隷、っていうのよね～♪」こう言って少年を牝犬っているのは、同じく少年の左手で指マンされる波打つ栗毛の妖艶な美女カトリーナは、自らの乳房を揉みしだきながら、年下の上司の狂態を嘲った。傭兵団の元気な若手リーズは、こんな状態では形に無しである。いや、団員たちに痴態を指摘されることより感じてしまっているらしい。
「い、いわないで……ぁぁ♪ あっ♪ キュンキュンキュンキュン……」
「あん♪ いい♪ いいのぉ♪ あっ♪ あっ♪ 締まる～♪」
紫電の魔法戦士という異名を持ち、濡れ濡れでヤワヤワとした膣穴で男根を絞りあげられた少年は、反射的に両手までまさぐっていた少女とお姉様の膣穴をえぐってしまった。
「うわっ、締まるう～♪」
「きゃんっ♪ いきなりっ！」
「ひぃ！ そこはダメッ！」
強すぎる刺激にガクガクと震える美女美少女の悲鳴を聞きながら、少年の脳裏は真っ白に焼けた。
「ごめんなさいっ！ でも、も、もう……う」
「あぁぁぁぁぁぁぁぁっ！」
「あぁぁぁぁぁぁぁぁっ！！ ドビュッ！ ドビュッ！ ドビュビュ——ッ！」

「くっくっく……我が主はほんとうに好きものだな」少年の顔面に跨ったメディアは、どろどろになった陰唇を擦りつけながら、嘲笑する。
「貴様、殿下を侮辱することはゆるさん!」
「おちんちんを咥えて放さず、腰振りまくっている女がいまさらにいってやる」
「あっ、主君に奉仕するのは臣下の歓びだ。貴様も分をわきまえよ、といってやっているのだ」
どこまでも生真面目に答えたケイトだが、一方の手では完熟の亀裂をまさぐる騎乗位で髪を振り乱しながら喘いでいる。その完熟の肌触りに酔いしれながら、もう一方の手では未熟の亀裂をまさぐっていますわ。
「ほら、殿下、お手のほうがおざなりになっていますわ。多くの女を侍らすなら手抜きは許されません。全員、きっちり満足させるのが男の甲斐性ですわ」
フリューネは、少年の左手を取ると自らの乳房を揉ませた。
「あはっ♪ アリオーンったら、乳首をこんなに立たせですわ……かわいいですわ」
「くううう……」
恍惚としたグレイスは、男の右の乳首をレロレロと舐め回す。
「はう、はあぁ……!」
美しき四匹の牝獣に追いたてられたアリオーンは、四肢をピクピクンと痙攣させた。
「くうう……死ぬ、死ぬ、死ぬ、気持ち良過ぎて死んじゃうよおぉぉぉぉぉぉッッッ!!!」
体内を駆け巡る快感の海で溺れていた少年は、そのまま溺死するような気がした。

ハーレムパラディン／イラスト◎浮月たく　　　　　　　　　　　　　　　　　　　　　　　　初出『二次元ドリームマガジン Vol.45』

（あやつら、こそこそと予に隠れて何をしておるのだ？ けしからん！ 自ら近衛騎士団たる天馬騎士団の詰所の奥を、シェラザードがたまたま覗いたときであ

「あ、そ……いい。奥に、奥にあたっちゃう。もっと、もっとぉ」
「ちょっと、オリビィエ、あんたね。少しは遠慮ってものを覚えなさいよ」
　騎士団きっての武闘派ユーノは仰向けになって大股を開き、その上に騎士団きっての知性派オリビィエが四つん這いになって覆いかぶさっている。
　その二人の下半身には、新参のゼクスがとりついて、腰を激しく前後させていた。
「な、何をやっておるのだ!?」
　こそこそするのは性に合わないシェラザードだが、まったく予想外の光景に息を呑み、気配をひそめた。
　ゼクスの股間からは、国一番の勇者にふさわしい雄大な逸物が隆起している。それが女たちを交互に貫いていた。
（あ、あんな大きいものを体内に押し込まれて痛くないのであろうか？　……それにしてもみんな気持ちよさそうだ）
　姉とも慕うような女たちの密事を前に、シェラザードの左手が自然と下半身に降りた。腰覆いの中に入り、ショーツの上から股間に触れる。
　ズキンとした快感が股間から背筋を通って、脳天まで突き抜けた。
（な、なんじゃこれは!?　オナニーすらしたことのない王女様は、自らの肉体の変化に驚き戸惑ったが、手を離すことができなくなった。
（む、ゼクスは予の指遊びには不届き者にして楽しむとは不届きだ）
　お姫様は初めての指遊びに溺れていった。
（予も、予も、ゼクスのおちんちんに貫かれたい──）

109

ハーレムウェディング／イラスト◎神保玉蘭　　　　　　　　　　　　　　　　　初出『二次元ドリームマガジン Vol.50』

「あらあら、これがちょっと前まで男なんて嫌いだって大騒ぎしていた娘のおま○こかしら♪」

ヴィーヴル城の跡取り娘クラミシュは、文武両道の姫騎士として『ヴィーヴルの姫姫』、それ以上に『鋼鉄の処女姫』という異名を与えられていた。しかしながら、その異名の方が通りはよかった。

結婚初夜の床で、花嫁衣裳のまま後背位で花婿に犯され歓喜しているのだ。

「だってすごいわよ。もうグチョグチョ♪ 殿のおちんぽをこんなにずっぽりと咥え込んじゃって、イヤラシ♪」

仰向けになり娘夫婦の結合部を覗き込んでからかっているのは、先代の『ヴィーヴルの龍姫』である。

「母上、そんなところを覗き込まないでください！」

「だから、そういうことは……ああ♪ 背後から新郎にズンズンと突かれながら、母親に陰核を舐められている今、煩悶える。

「どぉ、カルシドくんのおちんちんをおま○こで思いっきり食べている今、幸せ？」

「そ、それは……幸せです」

娘が不本意そうに認めると、母親の声は華やいだ。

「うふふ、よかった。ようやく素直になったわね。愛のキューピッドたるこの母に感謝しなさいね」

ピチャピチャと淫母の舌戯がいっそう激しいものとなった。

「ひぃあ♪ やめて、ください！ 母上ぇ！ そんなにされたら、ひぃ♪」

涎を吹いた若き牝龍の肢体はピクピクンと痙攣し、膣穴の方もキュンキュンと小気味よく締めてきた。

「イクッ！ イクッ、イっちゃうううう！！！」

110

「あ、あん、そ、そこ……凄い気持ちいい♪ 気持ちいい♪ ああ、イク、イク、またイっちゃう! お願い、パウロ様、今度こそ一緒にイってください! わたしの中にピュービューいっぱい出してください♪」

シェルファニール王国の王姉エステリーゼは、その婚約者パウロにべた惚れである事実は王宮では知らぬ者のない事実だ。

寝室では毎晩、共にせずにはいられない。パウロのおちんちんを入れられただけで何回もイってしまう。あまつさえ、簡単に浅ましく懇願するなんて恥を知りなさい、エステリーゼ!

呆れ顔で叱責したのは、国母たるマリアルイズだ。
「あら、セックスは楽しんだ者の勝ちですわ」
「素直なところがエステリーゼ様のよいところ」

とゼセラが、年上の友人として正室を弁護する。

念願の膣内射精をされた姫君は一段と高い絶頂に昇ったらしい。

「姫様、いきますよ」
「あ、はあ、あ……暖かくて気持ちいい、トロンとした満足げな表情で余韻に浸るエステリーゼの胎内から、ドピュッ、ドピュッ、いっぱい、いっぱい入ってきたぁぁぁぁ!」

抜いた。すると左右から美女たちが顔を寄せ、舌先で舐め清めてくれる。
「あ、イヤ、でちゃう!!!」
ブシュッ!

イヤイヤと首を振った姫様の膣穴が再び開いたかと思うと、まるで噴水のように白い液体を撒き散らした。

ハーレムシリーズ公式ガイドブック
読者参加企画結果全発表

二次元ドリーム文庫編集部では、ハーレムシリーズ公式ガイドの刊行を記念して、2010年6～8月に下記三つの読者参加企画を実施しました。

1 竹内けん先生へのQ＆A集
2 読者が選ぶ名台詞、名場面集
3 オールジャンル人気投票全10部門
「① 恋人にしたいヒロインは？」「② このヒロインたちの対決が見たい！」「③ 最強の女性といえば誰？」「④ 政治家として有能そうなのは誰？」「⑤ シリーズ随一の羨ましい男は？」「⑥ ピンヒロインとしての活躍が読みたいキャラは？」「⑦ その後が気になるカップルは？」「⑧ あなたが働いてみたい職場は？」「⑨ 続編が読みたい作品は？」「⑩ 好きな挿絵は、どの作品の何ページ目のもの？」

このコーナーでは巻頭カラーに引き続いて、企画2、3の結果をまとめて発表します！　とりわけシリーズヒロイン総乱舞のオールジャンル人気投票は要チェック!!

①「恋人にしたいヒロインは？」

1位　グロリアーナ
(『ハーレムキャッスル』シリーズ)

2位　パールパティ
(『ハーレムウィザードアカデミー』)

3位　シャロン
(『ハーレムデスティニー』)

先頭を飾る王道部門で女王グロリアーナが見事に首位獲得。他部門でも票を重ね総合部門でのトップに繋がった。二位のパールパティは「年上のお姉さん、それも美人の先生が嫌いな男子学生はいません！」(道の毛利・26歳♂)など女教師好きの票が集まった模様。

②「このヒロインたちの対決が見たい!」

1位 ウルスラvsグレイセン
(『ハーレムキャッスル』シリーズ&『ハーレムシスター』)

2位 ユージェニーvsアーリー
(『ハーレムマイスター』&『ハーレムエンゲージ』)

3位 グロリアーナvsバージニア
(『ハーレムキャッスル』シリーズ&『黄金竜を従えた王国』)

③「最強の女性といえば誰?」

1位 イレーネ
(『ふたりの剣舞』)

2位 グロリアーナ
(『ハーレムキャッスル』シリーズ)

3位 ウルスラ
(『ハーレムキャッスル』シリーズ)

②「このヒロインたちの対決が見たい!」部門では因縁の組み合わせが順当にトップ、『ハーレムシスター』で既に一合交えてはいるが本格的な闘いを見られる日が来るのだろうか。逆に意外な結果に落ち着いたのが③「最強の女性といえば誰?」のイレーネ。圧倒的な白兵戦能力が絶賛を浴び総合三位というとんだダークホースとなった。

④「政治家として有能そうなのは誰?」

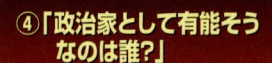

1位 マリアルイズ
(『ハーレムロイヤルガード』)

2位 シャクティ
(『ハーレムキャッスル』2,3)

3位 シグレーン
(『ハーレムパイレーツ』)

⑤「シリーズ随一の羨ましい男は?」

1位 フィリックス
(『ハーレムキャッスル』シリーズ)

2位 ライラック
(『ハーレムデスティニー』)

3位 リカルド
(『ハーレムパイレーツ』シリーズ)

⑥「ピンヒロインとしての活躍が読みたいキャラは?」

1位 アーリー
(『ハーレムエンゲージ』)

2位 シグレーン
(『ハーレムパイレーツ』)

3位 ミミ
(『黄金竜を従えた王国』)

④「政治家として有能そうなのは誰?」は4位のパウロ(『ハーレムロイヤルガード』)を含め西方都市国家群がうまく票を集めた印象のある部門となった。⑤「シリーズ随一の羨ましい男は?」は『ハーレムキャッスル』の色男が首位。⑥「ピンヒロインとしての活躍が読みたいキャラは?」はアーリーに限らず流浪経験のあるキャラの旅人時代を知りたいというコメントが散見された。

⑦「その後が気になるカップルは?」
1位 ヒルクルス&ユーフォリア
(『ハーレムシスター』)
2位 リカルド&エヴァリン
(『ハーレムパイレーツ2』)
3位 アリオーン&マディア
(『ハーレムクライシス』)

⑧「あなたが働いてみたい職場は?」
1位 イシュタール王国王宮
(『ハーレムキャッスル』シリーズ)
2位 オルフィオ商隊
(『ハーレムキャラバン』)
3位 水晶宮支部『雷の小手』小隊
(『ハーレムファイター』)

⑨「続編が読みたい作品は?」
1位『ハーレムキャッスル』
2位『ハーレムシスター』
3位『ハーレムパイレーツ』

文句なしのぶっちぎり、⑦「その後が気になるカップルは?」は『ハーレムシスター』のカップルが独走し続けた。ドモス仕官後のヒルクルスと都市国家群の接点はあまりないようだが、いつかこの二人の再会の日を期待したい。⑧「あなたが働いてみたい職場は?」は色々と票がばらけたが「朱雀神殿 男は入れないんですけどね…」(ご神体・29歳♂)といった女性オンリー職場への熱い声が多数。⑨「続編が読みたい作品は?」は『ハーレムシスター』の追撃を受けながらも『ハーレムキャッスル』が一位。「まだ見ぬ名も明らかでない姫君や令嬢達がどんな娘なのか知りたい」(矢尾樹・33歳♂)とイラストになっていないヒロインたちへの期待が複数寄せられている。
蓋を開けてみると『ハーレムキャッスル』と『ハーレムシスター』の因縁がそこかしこに見える結果となったのではないだろうか。

⑩「好きな挿絵は、どの作品の何ページ目のもの？」

1位 「ハーレムレジスタンス」 61ページ
2位 「ハーレムデスティニー」 207ページ
3位 「ハーレムキャッスル」 223ページ

正に「レイテ姐さん最高!!」（ダウト・28歳♂）といったところだろうか、『ハーレムレジスタンス』の活劇挿絵が首位を射止めた。『ハーレムデスティニー』は「『クライシス』のカップルが再登場するだけじゃなくいきなり絡み始めたのが衝撃」（烏龍茶大好き・17歳♂）とこのシリーズならではの趣向が票を集め、義母女王様との初エッチシーンを上回った。

ハーレムシリーズ公式ガイド
読者が選ぶ名台詞、名場面集

「覇王の后」
口に出してから、背筋を冷たい、戦慄と興奮が駆け抜ける。

アンサンドラ
『黄金竜を従えた国 上巻 美姫陵辱』P.107

ロレントに処女を奪われ、彼の目的が祖国の侵略であることを知ったあとの一言。覇王の妻となることを夢想し、冷徹にドモスとクラナリアの国力を比べる様には「ただの綺麗なお姫様ではないことを実感」(ムーンスクレイパー・20歳♂)させるものがあった。

シグレーン&スカーレット
『ハーレムパイレーツ』P.223

「わたくしがあなたのことを
忘れたことが一日でもあると思って?
わたしは覚えているわ。あれは嵐の夜だった」
「ばか、言うな」
赤面したスカーレットは慌てて叫んだが、
シグレーンはお構いなく続ける。
「あなたがわたくしの部屋を訪ねてきて、
涙ながらに好きだって告白したことを。
それから幾度も熱く求めあったわよね」
「……っ!」

噂の女海賊が海軍を抜け出したのには思いも寄らぬ背景が。「慌てるスカーレットが可愛かったです」(艦脂屋・22歳♂)

「おまえは昔っから、なんでも
悪い方向に考えるくせがある。
それでいて家臣たちからの希望やら、
わたしの我儘にどこまでも付き合う。
本当にかわいげがないガキだった。
おまえは一人でそこにいるわけではない。
おまえの罪も罰も、みなが一緒に
背負ってくれるということを忘れぬことだ」

ヴァレリア
『ハーレムレジスタンス』P.219

「ヴァレリアがエルフィンを抱きしめる
シーン。エルフィンの戸惑い顔とヴァレ
リアの包容力に惚れた」(ダウト・28歳
♂) 一度は互いに敵となり別れを覚悟し
た幼馴染みの意外な返答。稀代の戦略家
もどうも女心には疎いらしい。

ネメシス
『ハーレムプリズナー』P.247

「あんまりわたしを虐めると……泣くぞ?」

ドSなお姉様の惚れた男への強烈なパン
チ。そのダダッ子ぶりにただもう目が点。「あの女王様がなん
と可愛い。これをやられたらどんな男でも落ちます。
少なくとも私は撃墜されました」(NY・48歳♂)

フィリックス
『ハーレムキャッスル3』P.25

「それじゃまずシャクティ」
「はい?」
「大好きだよ」
不意を突かれたシャクティは、
手からリンゴをポロリと落とす。
ついでプッと噴き出した。
「まったく、殿下の女ったらしぶりは
天性のものですねぇ。くっくっ♪」

「フィリックスの天然口説きテクとシャ
クティの珍しい驚き顔に一票」(猫猫さ
ん・25歳♂) 是非この時の女軍師・シャ
クティの表情を挿絵で見てみたかった。

シャロン
『ハーレムデスティニー』 P.138

「ん♪ 美味しい♪ あぁ……わたくしは、ご亭主殿のお大事をしゃぶっているときが一番落ち着きます」

> 流浪の女剣士が一宿一飯の恩義に応えて青年村長に尽くし抜く。一度でよいからおしとやかな美女にこんな台詞を言ってもらいたいものだ。

ロゼ
『ハーレムパイレーツ2』 P.48

「殿下は勘違いしているようですが、わたしは男が嫌いなのではありません。ネエサマが好きなのです」

> 「『パイレーツ』の二巻を通してずうっと印象に残っている台詞」（76kcal・年齢不詳♂）初登場から一貫して揺るぐことのなかった無口な名参謀の名主張。その有能さと相まって一本筋の通った海の女を感じさせた。

エステリーゼ
『ハーレムロイヤルガード』 P.53

「ええ、女官たちが寄ると触るとパウロのことを童貞だって噂しておりますの。それでいて、わたくしが、童貞とはなんのことですの？ と質問しても誰も彼も笑って答えてくださいませんの。エステリーゼは釈然としないと言いたげに訴える。
『童貞だったなんて幻滅、と言っていましたわ。あの顔で童貞はないとかあの年で童貞は恥ずかしいとか、ホモなのではないかとか、インポテンツとか、わたくしには意味のわからないことばかり並べておりましたけど、パウロ様が笑い者になっているなんてなんだか悔しいですわ？」

> これはもう「パウロが不憫だ（笑）」（満鉄ファミリー・33歳♂）という一言に尽きる。できる童貞男もこの小娘の天然ぶりには顔を引き攣らせるしかなかった。

119

ロレントの年齢	生誕百数十年前	生誕40年程前	生誕3年程前	0歳	8歳	10歳	12歳	20歳	21歳	22歳	23歳	24歳	25歳	27歳	28歳	29歳	30歳	31歳
作品		『ハーレムマイスター』				『餓狼の目覚め』		『ハーレムロイヤルガード』		『ふたりの剣舞』?	『ハーレムエンゲージ』?	『妖姫リンダ』		『ハピネスレッスン』?			『鬼骨の軍師』	『ハーレムパイレーツ』
北方の出来事					ロレント誕生		ロレントの初体験	ロレント、ドモス国王に即位	セレスト征服	シュルビー征服		クラナリア王国の征服	エクスター征服	ヴィーヴル征服?				ナウシアカ征服?
南方の出来事				シグレーン誕生		セリューン誕生	シグレーン生家を出奔し水夫に		セリューン歴史に登場				セリューン王宮追放		ヴィシュヌ即位?	サブリナ・エトルリア間の戦争	オルシーニ・サブリナ間の戦争	
東方の出来事	ラルフィント王国が雲山朝と山麓朝に分裂（背景にヴラットヴェインの暗躍?)					ユージェニーが聖光剣宗主の仇ワイマールを討つ				イレーネ、ヴラットヴェインの目論見を潰す?	バージゼル、レナス家の当主へ?							この時期二重王国の誕生 リカルド海軍に身を投じる
西方の出来事						オルシーニ、メリシャントとヴァスラに挟撃される	パウロ、シェルファニールの宰相へ											
その他				シグレーン0歳	セリューン0歳	シグレーン0歳	パウロ20歳	セリューン12歳					セリューン17歳				セリューン22歳 マリーシア18歳 ヴィシュヌ26歳	シグレーン34歳

ロントの年齢	32歳	33歳	34歳	35歳	36歳	37歳	39歳	40歳	41歳	43歳	44歳	45歳	46歳	47歳
作品	「ハーレムキャッスル」「ハーレムキャッスル2」「ハーレムキャッスル3」「ハーレムシスター」	「ハーレムパラディン」「ハーレムパイレーツ2」		「ハーレムファイター」	「ハーレムシャドウ」「ハーレムデスティニー」「ハーレムクライシス」		「ハーレムレジスタンス」	「ハーレムキャラバン」	「ハーレムジェネラル」		「ハーレムウィザードアカデミー」		「ハーレムウェディング」「ハーレムジェネシス」	「ハーレムプリズナー」
北方の出来事	クロチルダ征服？	ネフティス征服？	バザン征服？		インフェルミナ征服 アリオーンによるカリバーン奪回戦によりクブダイ死亡 夜烏衆によるセリューン暗殺未遂、ジークリンデ誘拐事件	ネフティス独立？							カルシド、ヴィーヴル辺境伯へ	
南方の出来事	シェラザード即位 リカルド、ブラキア沖合の商航路で幽霊船退治				リカルドのクーデター								ジークリンデ、ヴィーヴルに攻め入る	
東方の出来事					バージゼル、インフェルミナに援軍						ケーニアス15歳、魔法学校に入学 ミラージュ戦役の始まり（至「ハーレムプリズナー」）		山麓朝滅亡（傀儡王女として山麓朝末裔のシャーミーナが即位）	
西方の出来事	フィリックス王宮へ イシュタールとペルセポネとの国境紛争 ヒルクルス北方へ亡命			ヴァレリアの初陣	ドモスと二重王国の衝突によりメリシャント王家消滅 ヒルクルス、フィリックスへ侵攻 フィリックスによる百日戦争 調停	ヴァレリア、総大将を務め隣国フレイアに勝利		エルフィン下剋上	ターラキア戦役			フレイア滅亡		
その他	イシュタール王国内紛 フィリックス12歳 ベルベット30歳前後	シルバーナ王国内紛		クローシュ13歳	百日戦争 フィリックス16歳 セリューン28歳		フルセン王国の復活 ヴァレリア20歳					ヴィーヴル戦役 フレイア戦役		ネメシス20歳

ハーレムシリーズ作品 相関図＆年表解説

巻頭カラーの地理的な位置関係に続いて、ここでは各作品の年代的な位置関係を見てみたい。

ハーレムシリーズの舞台となる大陸では、共通年号のようなものがないため、覇王ロレントの年齢を基準に年表を構成してある。『ハーレムマイスター』以外の全ての作品が、彼が生まれてから50歳手前までの時期を舞台としているのが分かる。

ある作品の登場人物名が別の作品に出てくる例は数え始めるときりがなくなるが特筆に値すると思われる作品関係について、ラインで表してある。

ロレントの年齢	31歳	30歳	29歳	28歳	27歳	25歳	24歳	23歳	22歳	21歳
作品	『ハーレムパイレーツ』	『鬼骨の軍師』		『妖姫リンダ』？	『ハピネスレッスン』？	『ハーレムエンゲージ』？	『黄金竜を従えた王国』	『ふたりの剣舞』？		
北方の出来事	ナウシカ征服？									即位
南方の出来事		この時期リカルド	オルシニ戦争				セリューン王宮追放			セリューン誕生
東方の出来事								『ハーレムマイスター』のジェルクリーナス、『ふたりの剣舞』のイレーネ、『ハーレムエンゲージ』のアーリー他多数の女剣士の剣を鍛えたと言われる、フットヴェイン登場		シグレーン誕生
								『ハーレムエンゲージ』のアーリー、『ふたりの剣舞』のミリアの知遇を得て剣を学ぶ		
								イレーネ、フットヴェインの目論見を挫く		
西方の出来事										ラルフィント王国が雲山朝と山麓朝に分裂（背景にヴラットヴェインの暗躍？）
	『ハーレムエンゲージ』のオーフェン、『ハーレムシスター』のベルベットは学生時代の友人									
	『ハーレムロイヤルガード』のパウロの娘・エロイーズが『ハーレムキャッスル2』でフィリックスと対面									
その他	シグレーン34歳	マリーシア18歳 ヴィシュヌ26歳	セリューン22歳		セリューン17歳			セリューン12歳	オルシニ、メリシャントとヴァスラに挟撃される	パウロ20歳	セリューン0歳 シグレーン0歳

122

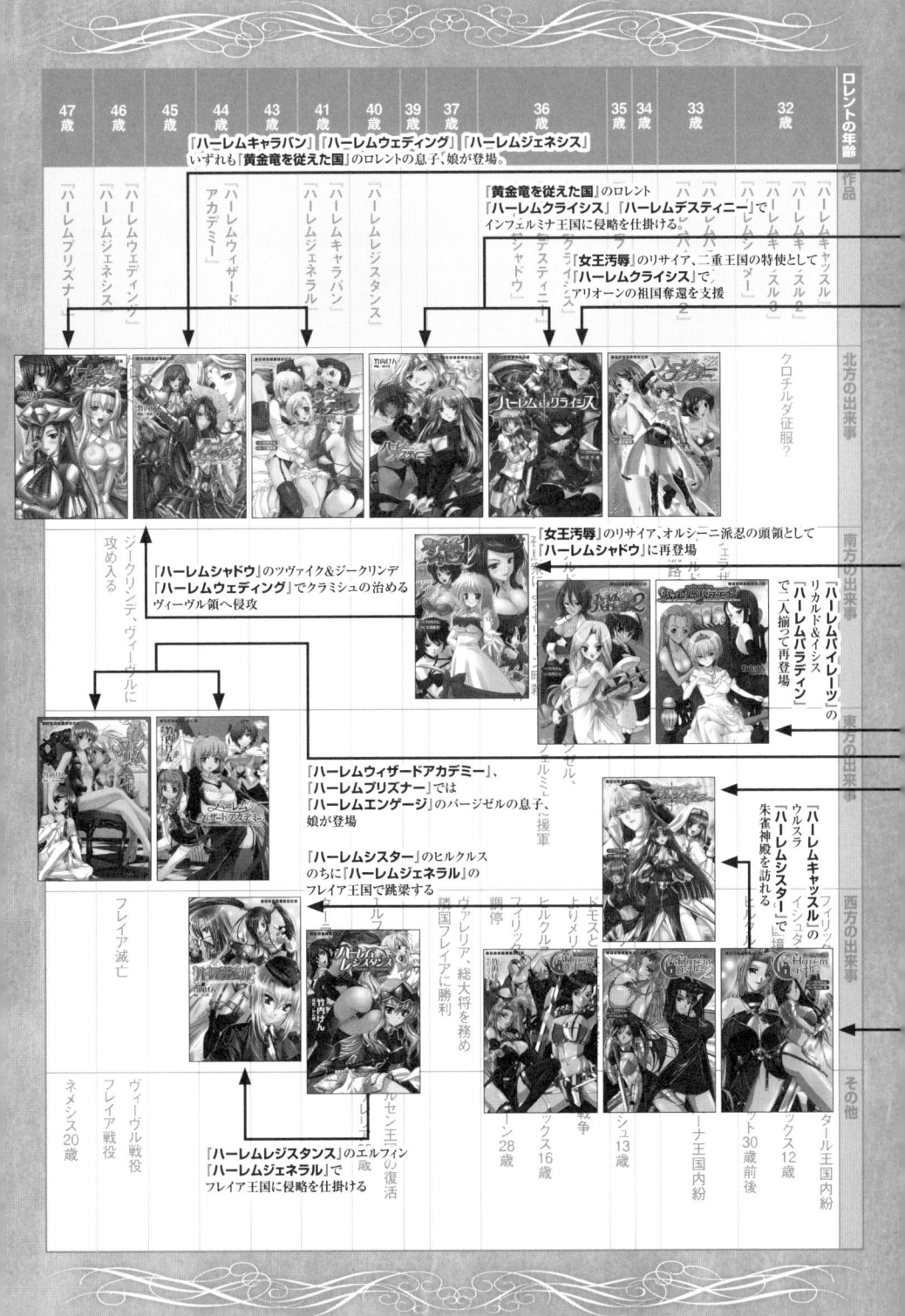

この画像は、複数の作品の年表・系譜図となっており、主にパッケージ画像と縦書き日本語テキストで構成されています。以下、読み取れるテキストを整理します。

ロレントの年齢（右端見出し）

| 47歳 | 46歳 | 45歳 | 44歳 | 43歳 | 41歳 | 40歳 | 39歳 | 37歳 | 36歳 | 35歳 | 34歳 | 33歳 | 32歳 |

作品欄

- 『ハーレムキャラバン』『ハーレムウェディング』『ハーレムジェネシス』
  いずれも『黄金竜を従えた国』のロレントの息子、娘が登場。
- 『ハーレムプリズナー』
- 『ハーレムウェディング』
- 『ハーレムジェネシス』
- 『ハーレムウィザードアカデミー』
- 『ハーレムキャラバン』
- 『ハーレムジェネラル』
- 『ハーレムレジスタンス』
- 『ハーレムデスティニー』
- 『ハーレムシャドウ』
- 『ハーレムクライシス』
- 『ハーレムパイレーツ2』
- 『ハーレムパラディン』
- 『ハーレムキャッスル2』
- 『ハーレムシスター2』
- 『ハーレムパイレーツ』
- 『ハーレムキャッスル』

北方の出来事

- 『黄金竜を従えた国』のロレント、『ハーレムクライシス』『ハーレムデスティニー』でインフェルミナ王国に侵略を仕掛ける。
- 『女王汚辱』のリサイア、二重王国の特使として『ハーレムクライシス』でアリオーンの祖国奪還を支援
- クロチルダ征服？

南方の出来事

- 『ハーレムシャドウ』のツヴァイク＆ジークリンデ『ハーレムウェディング』でクラミシュの治めるヴィーヴル領へ侵攻
- ジークリンデ、ヴィーヴルに攻め入る
- 『女王汚辱』のリサイア、オルシーニ派忍の頭領として『ハーレムシャドウ』に再登場

東方の出来事

- 『ハーレムパイレーツ』のリカルド＆イシス『ハーレムパラディン』で二人揃って再登場

西方の出来事

- 『ハーレムウィザードアカデミー』『ハーレムプリズナー』では『ハーレムエンゲージ』のバージゼルの息子、娘が登場
- 『ハーレムシスター』のヒルクルスのちに『ハーレムジェネラル』のフレイア王国で跳梁する
- 『ハーレムレジスタンス』のエルフィン『ハーレムジェネラル』でフレイア王国に侵略を仕掛ける
- 『ハーレムキャッスル』のフリッツ、ウルスラ『ハーレムシスター』でイシュタル、朱雀神殿を訪れる

その他

- ネメシス20歳
- ヴィーヴル戦役
- フレイア戦役
- フレイア滅亡
- ルセン王国の復活
- 隣国フレイアに勝利
- ヴァレリア、総大将を務め調停
- フリッツ、ヒルクルスとトリメリ、ドモスとの戦争
- シュラン28歳
- ヒルクルス16歳
- イシュ13歳
- イシュナ王国内紛
- ウルスラ12歳
- フリッツ30歳前後
- タール王国内紛

123

ハーレムシリーズ
主要戦争、および内乱解説

シリーズ作品で具体的な戦闘経過や戦闘描写があった戦争、内紛をまとめ、
特に五戦争、戦役については詳細な解説を付した。

■各戦争一覧■

◎コールラル平原の合戦 ──『黄金竜を従えた王国 上巻 美姫陵辱』
ドモス王国によるカーリング侵略の序盤戦。ドモスの攻勢を決定づけた。

○クラナリア王都カーリング攻防戦 ──『黄金竜を従えた王国 下巻 麗姫紅涙』
追い詰められたクラナリア残存勢力による徹底した籠城戦。この敗北によりクラナリア滅亡。

○エクスター王国ジャミン城攻略戦 ──「妖姫リンダ」
ロレントの寵姫リンダの初陣。

○ラルフィント王国レナス城包囲戦 ──『ハーレムエンゲージ』
バージゼルの初陣。籠城中に山麓朝の雄、オグミオス将軍病死。

◎オルシーニ=サブリナの全面戦争（含むリュミネー河畔の戦い）──「女王汚辱 鬼骨の軍師」
戦争後、サブリナ女王ヴィシュヌがオルシーニの軍師セリューンに惚れ込み二重王国成立へ。

○イシュタール内紛 ──『ハーレムキャッスル』
前王弟ヒルメデスによるクーデター。有能な文官武官が多数喪われる。

○イシュタール=ベルセポネ国境紛争 ──『ハーレムキャッスル2』
混乱するイシュタール情勢への干渉を狙うも、フィリックスの奇策により、死傷者ゼロのまま休戦。

○シルバーナ内紛 ──『ハーレムパラディン』
国王逝去に伴う跡目争い。王女シェラザードが勝利。

○翡翠海"幽霊船"掃討戦 ──『ハーレムパイレーツ2』
翡翠海に跋扈する幽霊船を追った南海の海賊王の初陣。

◎百日戦争（含むインフェルミナ王都カリバーン奪回戦）──『ハーレムクライシス』『ハーレムデスティニー』
ドモス王国のインフェルミナ攻略に端を発する、大陸全土を巻き込んだ大戦争。

○ミラージュ戦役 ──『ハーレムプリズナー』
レナス家と雲山朝による山麓朝の拠点包囲戦。二年に渡る持久戦となった。

○エルフィンによる下剋上 ──『ハーレムレジスタンス』
旧フルセン王国末裔のエルフィンのセルベリア王国への反乱。これによりフルセン王国の復興成る。

◎ターラキア戦役 ──『ハーレムジェネラル』
西方半島の覇者となったフルセン王国によるフレイア王国侵攻。勝者不在のまま終戦。

○ヴィーヴル戦役 ──『ハーレムウェディング』
オルシーニ・サブリナ二重王国によるドモス王国最南端領への侵攻。

◎フレイア戦役 ──『ハーレムジェネシス』
ドモス王国によるフレイア王国攻略戦。圧倒的な物量に押されフレイアは為す術もなく敗北、滅亡した。

覇王の中原制覇の第一歩
勝敗を決したドモスお家芸の飛龍部隊
コールラル平原の合戦

関連作品：『黄金竜を従えた王国 上巻 美姫陵辱』

【 戦争名称 】	
コールラル平原の合戦	
【 交戦地域 】	
クラナリア王国辺境部 コールラル平原	
【 戦争目的 】	
ドモスによる クラナリア侵攻の緒戦	
【 交戦勢力 】	
ドモス王国軍 12,000 (含む同国騎兵部隊、および同国飛龍部隊)	クラナリア王国軍 33,000
【 主要参戦人物 】	
ドモス王国国王 ロレント	クラナリア王国大将軍 アルバレ
同国将軍 ステファン クプダイ	同国将軍 マデリーン カモミール公爵夫人 ホーバード ルーシー
同国騎兵部隊長 アルメイダ	他多数
同国飛龍部隊隊長 ナジャ	
他多数	

【 解説 】

覇王の野望、飛躍の秋。

ドモス国王ロレ／ントら、アルメイダ、シグザ／ールといった突撃部隊を飛び込ませ、左右に伸びたクラナリア軍の突破を図ったが、逆に物量に負けて苦戦を強いられてしまう。ヴァティストゥても沃土に覆われたクラナリアという大陸に覇を唱えるためには、どうしても沃土に覆われた辺境の国々。ドモスだったが、いずれも辺境の国々。大陸に覇を唱えるためには、どうしても沃土に覆われたクラナリアの第二王女アンサンドラを娶るわなければならない。そこでクラナリアの第二王女アンサンドラを娶る婚姻同盟を申し入れ、突如同国の王位継承権を主張、侵略を開始する。

コールラル平原に迎撃軍を集合させたクラナリアに対し、ドモス軍は平原を見下ろす小高い丘に布陣。しばしの対峙の後、クラナリア軍の先鋒ルーシーによって開戦。ドモスの三倍近い兵力を活かしたクラナリア軍は、鉄壁の防御を敷きながら微速前進。左右翼のホーバード、カモ／ミール公爵夫人やルーシーの活躍で戦線は支えられたが、ここが勝機とドモスは全面攻勢にでる。ロレント自らがマデリーンを討ち取ったことで趨勢は決した。

敗走するクラナリア軍をドモス軍は容赦なく追撃。総大将アルバレを討ち取ることにまで成功する。

この大金星により勢いを得たドモス軍は遂には王都カーリングを占拠しクラナリアを征服することに成功した。飢狼に羽根が生えたドモス王国は西の隣国エクスターと一戦を交えたばかりで、兵力差ほどの戦力差はなかったとも考えられる。ロレントからすれば侵攻する好機はこの時期しかなかったといえるだろう。

それでも、紙一重の賭けだった。ロレント率いるドモス軍は、この後も無理に無理を重ね、何かに憑かれたような侵略戦争を繰り返していく。

恐るべきは「告死蝶々」の高機動力
女帝が見せた中つ国の大返し

リュミネー河畔の戦い

関連作品：『女王汚辱　鬼骨の軍師』

【 解説 】

始まりは、オルシーニ国王ケリフェスの急死だった。鹿狩りの途中の事故というあっけない死、戸惑いながらも即位した新女王マリーシアの耳にショッキングな一報が飛び込んで来る。鉱物資源の獲得を切望していたサブリナ王国の女傑ヴィシュヌが、機を逃さずに北進を仕掛けたのだ。かくしてサリエラルの地に二国が対峙することと相成った。先に仕掛けたのはオルシーニ軍である。ドラー率いる三千の分隊がサブリナ軍の側面を迂回してプロヴァンス侵攻を試みた。シャリエラを始めとするサブリナ指揮陣は〝サブリナ軍の戦力分割を狙った陽動〟と喝破するが、ヴィシュヌは敢えて『告死蝶々』他軽騎兵部隊六千の直属部隊を率いて敵別働隊の撃滅に向かう。かくしてオルシーニ軍にとっての悪夢が始まる。

早朝、ヴィシュヌがソウル河畔でチャンドラー分隊を捕捉、二度の側面奇襲により瞬時に同隊を屠る。正午。ヴィシュヌが陽動に引っ掛かったことを確信したオルシーニ総大将のケーフェン、残り二万二千のオルシーニ軍率い渡河開始。サブリナの残軍一万三千がこれを迎え撃つ。倍近い兵力差はサブリナにとって苦しいものとなった。オルシーニの白兵戦はサブリナ軍代の各個撃破戦略が成功したかのように見えた夕刻。黄昏と共に死神が姿を現す。

が、ヴィシュヌが帰ってきたのだ。オルシーニ本隊の側背面からの中央突破。オルシーニ総大将のケーフェンを討ち取ってしまう。女帝が魅せた鮮やかな大返しであった。

しかし、これ以上の侵攻の余力はなく一旦兵を返す。その間にオルシーニ王国に奇跡の人事が行われた。かつて女癖の悪さから隠居させられていたセリューンの登用である。この半年後、再度のオルシーニ侵攻を目論むサブリナ軍のまえに、稀代の軍師セリューンが立ちふさがった。ヴィシュヌおよび『告死蝶々』はジオール峠でもまた非人間的な機動力を見せつけたが、あと一歩のところで虜囚の身になってしまう。かくして二重王国という極めて特異な政権の幕開けとなる。

【 戦争名称 】
リュミネー河畔の戦い

【 交戦地域 】
オルシーニ・サブリナ国境 サリエラル地域

【 戦争目的 】
オルシーニ王国の政情不安に伴うサブリナ王国の北進とそれに対する牽制

【 交戦勢力 】	
オルシーニ王国軍 25,000	サブリナ王国軍 19,000 (含むサブリナ女王ヴィシュヌ麾下軽騎兵部隊6,000)

【 主要参戦人物 】	
オルシーニ王国将軍 ケーフェン	サブリナ王国女王 ヴィシュヌ
同国将軍 レイモン チャンドラー ダルケニス メルディス クラウス	東征将軍 ベルゼイア 西征将軍 シャリエラ 他ヴィシュヌ麾下 『告死蝶々』

翡翠海の運命を変えた若き海賊王の初陣

翡翠海"幽霊船"掃討戦

関連作品：『ハーレムパイレーツ2』

※『ハーレムパイレーツ2』の"幽霊船"の正体に触れています。未読の方はご注意下さい。

戦争名称
翡翠海"幽霊船"掃討戦

交戦地域
海上都市ブラキア沖合の商航路

戦争目的
エトルリア商船を襲う"幽霊船"の撃沈

交戦勢力	
エトルリア王国 大型船 **海賊王** ローランス王国 突撃船 **海竜姫**	カルロッタ王国 高速船 **飛天夜叉**

主要参戦人物	
エトルリア王国 第四王太子 **リカルド** ローランス王国王女 **エヴァリン** 「海賊王」客員参謀 **ロゼ** 他多数	カルロッタ王国 将軍 **ダルタニス**

【 解説 】

当時、エトルリアは同国籍の商船を襲う"幽霊船"の被害に悩まされていた。神出鬼没で、目撃者を皆殺しにするため全く足取りの掴めないこの奇妙な海賊船討伐の命を受けたのが、同国第四王太子リカルドである。婚約者のエヴァリン（ローランス王国王女）とともに彼が見つけた幽霊船の正体は――カルロッタ王国の高速船・飛天夜叉という意外な事実だった。エトルリア＝カルロッタ間の政治的関係を憂慮したリカルドは、この軍船を幽霊船のまま沈めることを決意する。若き海賊王の冒険が、一転強烈な政治色を帯びた瞬間である。

幽霊船の襲撃はエトルリア王国領海の高速船・飛天夜叉という意外な事実だった。リカルド座乗船・海賊王は定時巡航ルートで飛天夜叉を尾行し、商船襲撃を確認したところで追撃に掛かる。喫水差を利用して浅瀬へ逃げ切ろうとする飛天夜叉。逆にエヴァリン座乗船・海竜姫が待ち受ける岩礁地帯へ追い込み、挟撃。海竜姫は衝角で左舷に土手っ腹を空けた後、白兵戦で飛天夜叉を制圧し、同船は塵一つ残さぬよう翡翠海に沈められた。

さて、対外的には"幽霊船"の正体は明かされず、極論リカルドが掃討戦のことをエトルリア本国に報告したのかどうかさえ定かではない。ある意味、とても慎ましやかな一戦である。――が、結論から言えばこの小さな海戦は二つの点で翡翠沿岸の勢力図を一変させてしまう。一つ目はエヴァリンとリカルドが結ばれたことで、実質的にエトルリアの従属国であったローランスがほぼその傘下に入ったこと。二つ目は、既にオルシーニ・サブリナ二重王国包囲網離脱の気配を見せていたカルロッタ王国の反二重王国勢力の動きを後押ししたことである。歴史の大波に揺られるようにリカルドはこの四年後故郷で超大規模なクーデターを実行、翡翠海沿岸地域のみならず大陸南部の勢力図を大きく塗り替えることになる。蚤の夫婦のどこまでもイチャラブな探査航海。ただ、このバカップルの選ぶ道を思うと、棘に刺されたような微かな痛みを感じもする。

127

覇王の野望を阻む大陸東部の連合軍
霧の国の少年王が故郷奪回に挑む

インフェルミナ王都カリバーン奪回戦

関連作品：『ハーレムクライシス』『ハーレムデスティニー』

【 戦争名称 】
インフェルミナ王都カリバーン奪回戦
【 交戦地域 】
インフェルミナ王国王都カリバーン
【 戦争目的 】
ドモス王国のインフェルミナ攻略に伴い占拠された同国王都カリバーンの争奪戦

【 交戦勢力 】

インフェルミナ王国軍 2,000	ドモス王国カリバーン守備部隊 5,000
ラルフィント王国レナス家指揮軍 10,000	
ヴァスラ王国軍 200	
他、大陸北東部各地の義勇軍	

【 主要参戦人物 】

インフェルミナ王国国王 アリオーン "爆炎の赤獅子"	ドモス王国カリバーン守備部隊隊長 クブダイ
ケイト	カリバーン駐屯飛龍部隊隊長 マディア
ラルフィント王国レナス家当主 バージゼル	他多数
ブリギッタ子爵 レイリア	
交易都市アーリア女備兵団サンダーガントレット『雷の小手』	
他多数	

【 解説 】

大陸史上、ドモス王国のカーリング攻略に並ぶ、重要な都市攻防戦である。

インフェルミナ王国の王都カリバーンは、ドモス王国の侵攻により一旦占拠され、ロレントの腹心の部下であるクブダイが統治に当たっていた。インフェルミナの新国王・アリオーンは同国東端のアーリアに落ち延び反撃の機会をうかがう。しかし残存兵力の大差はいかんともしがたい（右記交戦勢力も参照のこと）。このまま霧の小国がドモスの手に落ちるかと思われた時、アリオーンの元を一人の女性が訪れた。オルシーニ・サブリナ二重王国セリューンの腹心・リサイア（『鬼骨の軍師』『ハ

ーレムシャドウ』ヒロイン）である。

「要件はほかでもございません。殿下にただちに王都カリバーン奪回していただきたい」少年王に反撃を促すリサイアの口調はどこまでも歯切れがよい。『ハーレムクライシス』と『ハーレムデスティニー』を再読しながら、二重王国はどれほど前からドモス包囲網の準備をしていたのだろうかとふと思う。

ラルフィント王国による外威を恐れるアリオーンに、妖艶な女忍はレナス家当主バージゼル（『ハーレムエンゲージ』主人公）による大規模な支援を約束する。かくして、大陸東部の諸国連合と北の覇軍との戦いの火蓋が切られた。クラナリア戦役と同じく、マディア率いる飛龍部隊の

機動力は最後の最後まで東部連合を苦しめたが、最終的には『雷の小手』小隊がカリバーン城内の市民との繋ぎに成功、ドモスの防御陣は内側から崩されることになる（なお、クブダイ将軍は、女剣豪ミリアによって討ち取られた）。

この、一度は占拠した王都カリバーンおよびインフェルミナ全領の失陥により、ドモスの周辺地域侵略の長期の停滞を余儀なくされる。オルシーニ・サブリナ二重王国との泥沼の睨み合いの果てに、ドモス王国次に一国を支配するには……カリバーンの激闘から実に十年後、ロレントの第一王太子アレックスによるフレイア進軍を待たねばならない（『ハーレムジェネシス』）。

破軍西方より来たる
半島内戦の覇者が挑んだ熱砂の死闘

ターラキア戦役

関連作品：『ハーレムジェネラル』

【戦争名称】	
ターラキア戦役	
【交戦地域】	
フレイア王国辺境部	
【戦争目的】	
フルセン王国の
フレイア王国侵攻に伴う諸戦	
【交戦勢力】	
フレイア王国
フルセン迎撃軍
10,000
（含むリュシアン指揮
部隊2,000）	フルセン王国軍
13,000
【主要参戦人物】	
フレイア王国軍
フルセン迎撃軍総大将
ダングラール将軍	フルセン王国国王
エルフィン
フレイア王国王族
リュシアン	"戦天使"こと
同国将軍
ヴァレリア
同指揮部隊所属
オルタンス
クリスティーナ
ルキノ	同国将軍
ロックス
マリガン
亡命将軍
マージョリー	"紅蜘蛛"
レイテ

【 解説 】

『ハーレムレジスタンス』で無事にフルセン王国の復興を成し遂げたエルフィン。しかし荒廃する半島情勢はいかんともし難く、資源を求めて東のフレイア王国へ進軍する。

緒戦は半島からの亡命将軍・マージョリーが守るエバーグリーン砦を巡る攻防。

フルセン軍の首脳部は、智将であるエルフィンは、おそらく偽装撤退から伏兵作戦を仕掛けてくるだろうと予想していた。しかし、案に反してフルセンは精鋭部隊を次々と最前線に送り込み、フレイア軍を力業にねじ伏せてしまう。

フルセン軍はエバーグリーン城を包囲。それを遠巻きに後詰めを行う

フレイア軍は完全に委縮してしまったかのようにみえたが、リュシアンの部隊だけは敵の補給路への中途半端な攻撃、当人曰くの"嫌がらせ"を散発。この遣り口にどれだけエルフィンが苛立っていたかは、虎の子のレイテを暗殺者として送り込んだことや、第四章でのロックスの台詞から察せられる。

エルフィンが打った次の一手は、フレイアがバロムリストから租借中の港湾都市ザウルステール攻撃。敵軍の分散を喜んだダングラール将軍は残存兵力を率いて討伐にかかるが敵の奇策にあっさり敗北してしまう。両軍とも決め手に欠ける消耗戦は更に混迷の度合いを深めていく――。実を言えば、このコーナーで紹介した他の戦争に比べてこの戦役の重

要性は高くはない。意地悪く言えば西の小国同士の小競り合いである。しかし、その戦いがシリーズのベストバウトと言ってもよいほど余韻を感じさせるのは何故なのだろう。ちょっぴり似ている出自と、まるで正反対の性格を持つエルフィンとリュシアン。本をめくり終わったあと、二人の対比が鮮やかに広がってくるのだ。

もし『レジスタンス』読者ならば、『ジェネラル』を読んでいない方が――いや是非一度手に取ってみて欲しい。そして、生まれも生まれながらの優秀な軍属として一生を終えられたかも知れないこの二人が、熱砂の大地で何故このような掴み手まみれの激戦を繰り広げなければならなかったのか、その王族としての運命に思いを馳せてみて欲しい。

129

注目！ハーレムシリーズの作品が電子書籍となって登場！

PC DOWNLOAD

ダウンロード版のメリット

① 書店で見つからなかった本がゲットできる！
② 24時間いつでも手に入れられる！
③ 立ち読みページも沢山あります！　購入判断の材料に！
④ デジタルデータなので場所を取りません！　家族にバレない！

電子書籍化作品一覧

ハーレムキャッスル	ハーレムパイレーツ	ハーレムキャラバン	ハーレムエンゲージ	ハーレムシャドウ	
ハーレムシスター	ハーレムパイレーツ2	ハーレムファイター	ハーレムキャッスル2	ハーレムクライシス	
ハーレムウィザードアカデミー	ハーレムレジスタンス	ハーレムパラディン	ハーレムキャッスル3	ハーレムウェディング	
ハーレムプリズナー	ハーレムマイスター	ハーレムロイヤルガード	ふたりの剣舞		

※2010年10月配信中の作品一覧です。

各種ダウンロードサイトにて発売！

- ■DLサイトコム　http://books.dlsite.com/
- ■DMM　http://www.dmm.co.jp/digital/book/
- ■デジケット・コム　http://www.digiket.com/abooks/
- ■ギュッと！　http://gyutto.com/
- ■フランケン　http://www.franken.jp/

Harem Castle The Beautiful Days

ハーレムキャッスル

漫画 時丸佳久
原作 竹内けん
キャラクター原案 Hiviki N

第2.5話「ワクワク魅惑の湖!」

我がイシュタール王国も夏と呼ばれる頃はやはり暑く

暑さしのぎに今日はみんなで湖にやってまいりました

殿下ー♥

行きますよーっ♥

おー

真夏のイシュタールが登場 気になるあの乙女の水着は——?

そぉーれっ

それっ キャロル

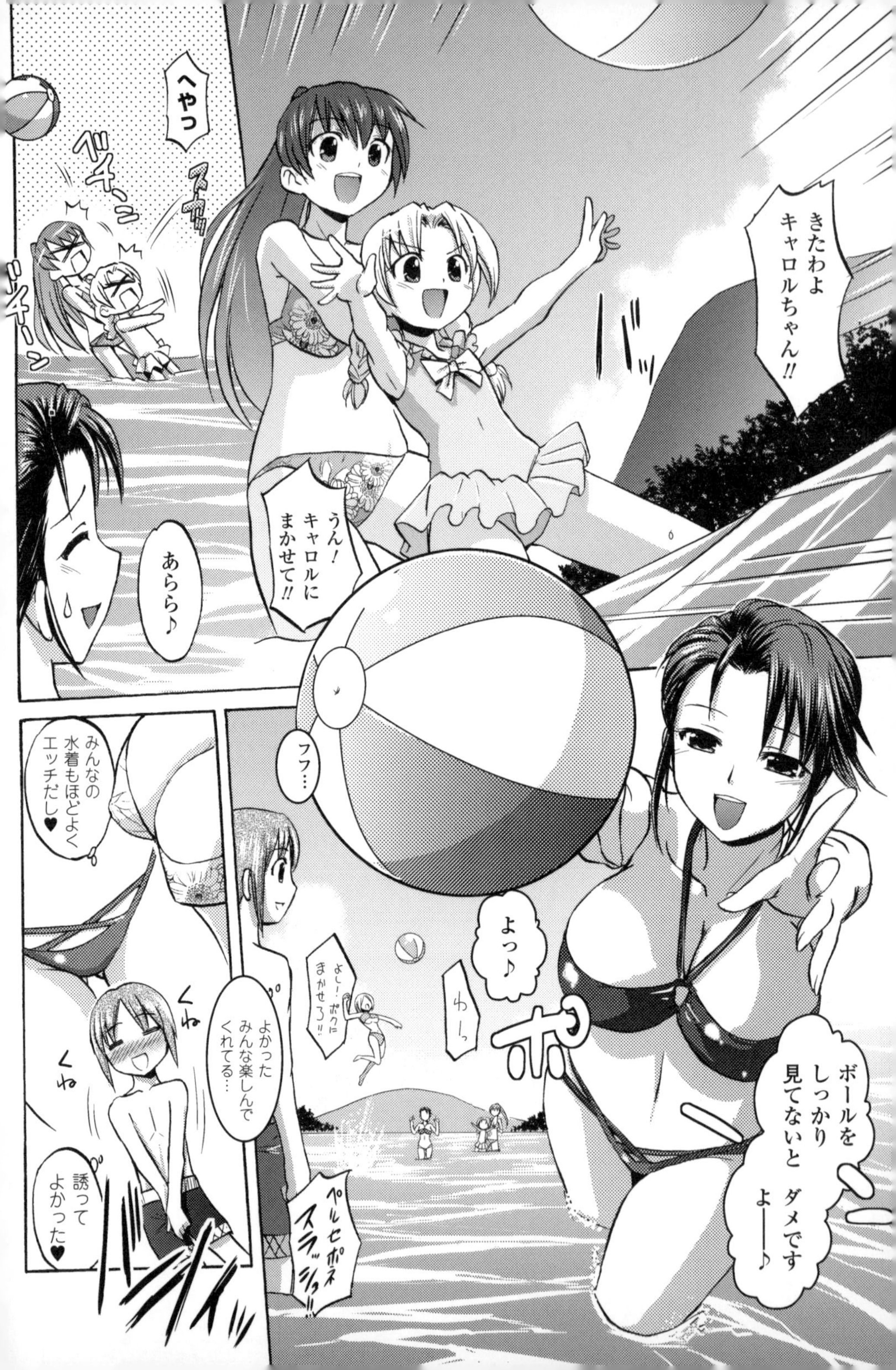

きたわよ
キャロルちゃん!!
バッ
うん！
キャロルに
まかせて!!
あらら♪
へやっ
スカッ
ベチーン
ドテーン
フフ…
ボールを
しっかり
見てないと ダメです
よー♪
ポン
よっ♪
わっ
よし！ボクに
まかせろ!!
よかった
みんな楽しんで
くれてる…
ペルセポネ
スラッシュ!!
みんなの
水着もほどよく
エッチだし♥
くね
くね
誘って
よかった♥

この分だとディアーネさんは…エへへ…
え
殿下っ！危…
ドゴッ
きゃーっ
プカー
殿下ーっ!!
おいっ！大丈夫かフィリックス!!
う～んなんとか～
あらら殿下ったら私達の水着に見とれてましたね～？
ギク…
ボクの水着姿がそんなに魅力的だったか!!
そうかっ！すまない!!
ギュッ
ムギュッ
あーっずるーい！私の水着にも見とれてましたよーっ
キャロルもーっ!!
そうか…ではみんなで！
はーい♥

こーらぁ
チャプッ
たかが尻の一つで鼻の下を伸ばすんじゃない！みっともない！
あれ…？その水着はもしかして…
即位式前夜の……
ウル姉！
ウル姉…その水…
わっ
おおっ さすがお姉さま!!
シンプルなのに凛々しくかついやらしい!!
ボクの趣味にあわせてくださったのですね!!
うわっ
うれしい!!
こ…こらっ!! やめ…
お姉さまっ
はなせ…
コラッ
……

まったく…王太子親衛隊ともあろう者が騒々しい…

…まあ 今日は無礼講で…

いつもだけど

それよりルイーズの水着…

色っぽいのになんか泳いだらすごく速そうだね

やっぱり泳ぎも得意なの？

ええ 少々…心得はございます

ふーんウル姉とどっちが速いかな？

ウル姉も速いよー？

…おそれながら殿下 わたくし泳ぎで人に後れを取った事がございません

ほーう！

随分と面白い事を言ってくれるじゃないか

たとえ相手が親衛隊長とはいえ負ける気はいたしませんわ

いいだろう
見せて頂こうか貴様の泳ぎとやらを!!
あら…子供の頃は人魚と呼ばれたこのわたくしに
勝てるとお思いかしら？
オホホホ
フン!!その鼻へし折ってくれる!!
あ
ちょっと待ってふたりとも
望むところですわ!!
あちゃー
余計な事言っちゃった
あらあら困った娘たち♥
さぼうや岸に上がってオイル塗ってくれない？
ママ…
ええっ!?

でも…ウル姉たちが…
いいのいいの放っておけばいいの♥
ザブ
ザブ
えぇーっ!?
ホラ早く早く♥
あ私にも塗ってくださいましフィリックス様…
ダメよ！あんたは自分で塗りなさい!!
ギュ…
んまーっなんですの!?
わ…私達も塗って頂きたいです！
いいわよー♥じゃんけんで順番決めてね
ディアーネは抜きでね♥
じゃーんけーん
ちょっと意地悪しないでくださいまし異母姉様!!
ん～♪
ちゅーっ

プハァ♥
極楽 極楽♥
妾は満足じゃー♥
はーい 終わりました よー——
うむ くるしゅーなぁーい♥
しあわせ〜
フキ フキ
次はキャロルだよー——♥
もー しょーがないなぁ

じゃーまず
うん
腕から塗るからじっとしててね
キャー
キャハハハッくすぐったいーっ
あーっ動いちゃダメだってー
じっとして…
ロリコン…なの？
ロリコンね
なんだ
ロリコンか
ち違うっ違うの——っ!!
ヒソ
ヒソ
ヒソ
…ってちょっとキャロルさん!?
んも——怒ったぞ——
ぬ
ぬ
ぬ

きゃあっ
ちょっと殿下ぁ!!
コラッ やめろっ
にゃーっ
あんっ
キャー
へへーっ今日は もう許さないぞーっ
あーん ごめん なさーい♥
元気 ねえ——♥
ウズウズしちゃう
まてーっ

えっ？
ファ～リ～ぼ～お～
でぇ～ん～か～ぁ
ギニャああああっ
ひ…人に
競争させて
おきながら
随分面白い事
やってるじゃ
ないか？
この広い湖を
何周したか
ご存知ですか？
だだって
二人が勝手に…
あぁ？
ひいいっ
ごめんなさい
ごめんなさい
あらまぁ
情けない
ですわね～
!?

親衛隊長と国王の側近ともあろう者が

な…私は音を上げた覚えはございませんわ!!

ウルスラさんと一緒になさらないで下さる?

なんだと!?

あれしきの事で音を上げていてどうするんですの?

私がいつ音を上げた!?

先程殿下におっしゃったでしょう?

それは貴様だろう!!

ささっ

フィリックス様♥

あんな"オバサマ"は放っておいて

私がオイルを塗ってさしあげますわ♥

サ・マ?

オ・バ・

おい！待てフィリ坊!!
ギクッ
オイルなら私等が塗ってやろう
殿下もおっぱいが大きい方がよろしいでしょう？
ピューーッ
ヌル
ヌル
ちょっとなんですの？フィリックス様は私と先に約束しましたのよ!!
デレー
それにおっぱいなら負けてませんわ!!
待ちなさいって!!
ちょっと脱いで見せてさしあげますからお待ちなさい！
ガビーン!!
どうだフィリ坊ー、
うあー

どうだ
フィリ坊
うん
気持ちいいっ
それに…
ウル姉のこの水着…
即位式前夜の…
すごい興奮する
まったく…
スケベな
奴だ…
ヌル
こんな
オイル塗り
初めてだよ
嬉しゅうございますわ殿下♥
んもーっ
脱ぎづらい
水着ですのーっ
あせあせ
早くしないと
フィリックス様の
オイル塗りが
終わってしまい
ますのっ!!
脱げましたわ!

フィリックスさまぁあん♥
わぁっ
あぁ
私の…私のおっぱいも気持ちいいでしょう？
あは
もちろん！とっても気持ちいいよ！
ムニュニュン
うれしい♥もっともっと私の生おっぱい…
ムニュル
私の身体でたくさんオイルを塗ってさしあげますわ♥
んあ

あーっ!!
イチャ イチャ
どーーん!
追いかけてこないと思ったらあんなトコでエッチしてるーっ!!
ずるーい
よーしボクも
ぬぎっ
プルン プルン
あらあらしようのない娘たちねぇ
ずーるーいーぞー
妾も――――!!
あはは♪
やっぱりこうなりますかー♪
ブルン
――どうぼうや
気持ちいい?

んく
あ
はいっっ
こんなに…
ヌルヌル
オイル塗りがこんなに気持ちいいなんて…!!
ムニムニ
あん♥
殿下あ
このままじゃボク…
ボク…
はぁはぁ

さぁ いらっしゃい ぼうや
ぼうやの 大事なトコ
たっぷり オイルを塗って あげるわ
みんなの 身体(なか)でね
ゴクッ
我が イシュタール 王国は
い… いきまーす!!
今日も一日 平和(ハーレム)でした
キュー♡
で…
結局どっちが 速かったの?
To Be Continued...

Harem Castle
The Beautiful Days

見目麗しき乙女たちに囲まれた、
温かな日々をあなたに――

ハーレムシリーズ原点のコミカライズ
『ハーレムキャッスル The Beautiful Days』
『闘神艶戯』偶数号で好評連載中!!

※18歳未満の方はご購入になれません。

大空の調停者

名軍師
戦女神
女忍——
美女たちに見つめられながら
フィリックスは百日戦争調停に挑む

特別
書き下ろし
短編小説
その2

「調停なんてぼくにできるのかな?」

フィリックスがイシュタール王国の王太子に冊立されて四年目。世界を激震させる大戦役が起きた。

北の雄ドモス王国と南の雄オルシーニ・サブリナ二重王国が、メリシャント王国を巡って激突したのだ。

さすがに超大国同士の直接対決だけあって規模もでかい。

ドモス軍六万人、二重王国四万人だという。両軍合わせて十万人規模が動員された。

これで真っ正面から激突して、両陣営ともに主要幹部クラスまで戦死。その死傷率は二割を超えたという。

それでも決着が付かず、戦局は泥沼化していた。

その余波は様々な地域に及ぶ、舞台となったメリシャント王家が跡形もなく消し飛んでしまったのをはじめ、東の雄ラルフィント王国が軍事介入してくるわ、エトルリア王国でクーデターが起きただの、各地で反乱も相次ぎ、政情不安は激化の一途をたどっている。

このカオスと化した情勢を見たフィリックスの軍師シャクティもまた、積極的に介入することを提案してきた。

「我々としては、両国が共倒れになってもらうのが一番いいのではないか?」

王太子の親衛隊長ウルスラが懸念を表明した。

ドモス王国は世界征服を標榜するような国家であり、イシュタール王国としては滅んでもらったほうがありが

たい。

オルシーニ・サブリナ二重王国もまた覇権国家だ。自国が豊かなためにあからさまな侵略行為はしないが、意のままにならない国には介入して傀儡政権を作ることはしている。その国家戦略は分断統治であることは明白だ。それにイシュタール王国とは、ペルセポネ王国を挟んだ向こう側という比較的近い地域にあることもあってなにかと利害が対立している。

「いや、両軍が睨み合ってすでに三ヶ月。そろそろいっぱいいっぱいです。これ以上の戦争継続は無理だってわかって、矛を収めるタイミングを計っている段階でしょう。ここで殿下が乗りこんでいけば渡りに船と乗ってきますよ。結果、殿下の名声はあがり、西国諸侯は一段と殿下の下に結束する。まさにタナボタです」

深くも鮮やかな宵闇の藍の髪をアップにして左鬢に垂らしたスタイリッシュなお姉さまの主張に、赤い官服を纏った女性が懸念を表明した。

「そう上手くいくかしら。薮を突いて蛇を出す結果にならないといいけど……」

政務補佐官のルイーズの心配を、シャクティは艶やかに笑い飛ばした。

「薮以上に大きな蛇は出てこないものです。失敗したからって、我々の懐が痛む話ではありません。とりあえず殿下が、世界の英雄たちと直接顔を合わせるというだけ

で価値があるはずですよ」

ここ最近の努力でフィリックスの名前は、西国諸国ではそれなりに知られていた。しかし、今度の舞台は大陸中が注目している大舞台だ。

ここで成功すれば、イシュタール王国とフィリックスの名は、世界中に知れ渡ることだろう。

「そうね……」

王国最大の権臣は、懸念の色を拭い切れない様子だが、同時に千載一遇のチャンスを逃すのも躊躇われたようだ。浮かない顔をしながら同意した。

「次に動員する兵力ですが……」

「兵を連れていくの?」

驚くフィリックスに、シャクティは当たり前だと頷く。

「そりゃそうですよ。敵に回したらヤバイと思わせるだけの兵力を連れていかないと舐められます。とりあえず三万連れていきましょう」

「そんなのとても無理よ」

悲鳴をあげるルイーズを前に、シャクティはぬけぬけと言って抜ける。

「なぁ〜に、あくまでも自称ですよ。一万人も三万人も傍目にはわかりませんって」

「そういうものなの……」

小首を傾げるフィリックスだが、ここはこの飄然とした女軍師どのの手腕に乗るしかない。

かくして、フィリックスは西国諸国から兵力をかき集めて、自称三万人。実数一万人の大軍を率いて、メリシャント地方に乗りこんだ。北からはドモス軍。南からはオルシーニ・サブリナ二重王国が対陣している遥か西方で、西国連合軍は歩みを止めた。

「さて、ここからはこれでいきましょう」

軍師シャクティが差し示したのは、ワシの翼と上半身。ライオンの下半身を持つ怪物。

「グリフォンなんて用意していたんだ」

「ハッタリにはちょうどいいかと思いまして、ランチェロから取り寄せました」

南の密林を主な生息地としているグリフォンは賢いため、馬と同じように飼いならせば騎乗用として扱うことができる。

その勇壮で美しい姿ゆえに、王侯貴族が紋章や彫像のモチーフに使うことも多いが、ドモスや二重王国ではなかなかお目にかかれない代物だろう。これをシャクティは二十騎ばかり連れてきていた。

「ルイーズ、留守を頼む。では、いこうか」

軍団の統括をルイーズに頼んだフィリックスは、軍師のシャクティ、親衛隊長のウルスラらを引き連れて大空に舞い上がった。

　　　　　　　※

まず目指すのはドモスの陣。

二十羽の大鳥の群れが蒼穹の中を進む。その中央を駆っていたフィリックスは不意に呟く。

「ドモスといえば、ヒルクルス王子がいるって聞いたけど?」

それは血縁的には従兄の名だ。本来ならばフィリックスの地位は彼のものでもいっこうに不思議ではなかった。しかし、政争に破れて国外逃亡した曰く因縁のある人物である。

その懸念はすでにシャクティも調べていたようだ。

「はい。しかし、彼はいま別働隊を率いてフレイアに侵攻中だそうで、ここメルシャントにはいません」

「そうなんだ……」

一度として顔を合わせたことのない従兄と会って話をしてみたいと感じたフィリックスは少し残念に感じた。そんな主君を、銀色のビキニ鎧に身を包んだウルスラが窘める。

「居ないのは幸いだ。やつのことはとりあえず忘れよう。事が変な方向に流れても困る。いまはただ両軍の和睦を成功させることのみに集中すべきだ」

「うんわかった」

ヒルクルスの引き渡しを要求したところでドモスが応じるはずがない。政治的にどうしようもない問題だ。

「それにしても壮観だね」

頭を切り替えたフィリックスは眼下を見下ろして溜め息をついた。

両軍合わせて十万人を超える人々が布陣しているのだ。地平線の彼方まで人々がいた。様々な砦や柵や堀が築かれ、元の地形がわからないほどだ。こんな光景見たこともない。

「ええ、十万人の期待の視線を一身に浴びるというのは悪い気分ではありませんね。……おや、さっそくハッタリが功を奏したようですよ」

澄ましたシャクティが悪戯っぽく片目を瞑って促した先からは、黒い巨大な飛龍が上昇気流に乗って舞い上がってきた。

それがグングンと近づいてくる。

「っ」

腰剣に手をかけたウルスラが、主君を守ろうと大鳥を進ませた。すると龍騎士は無茶をせずに、一行の前でホバーリングする。

黒龍に跨がっているのは、赤毛の女騎士だった。年のころは三十代の半ばといったところか。

成熟した肉体を見せつけるような大胆な装いだが、装飾品の数々は豪華で、かなりの地位の人物であることを知らしめている。

「ドモス王国の飛龍部隊を預かるナジャだ。国王陛下の座所まで先導する。付いてきな」

蓮っ葉な物言いのあと、ナジャと名乗った女は、飛龍の首を返した。

「ヒュ～♪ 大物がきましたね。さすがは飛龍将軍。グリフォンへの興味を抑えきれなった、というところでしょうか？」

飛龍将軍ナジャ。その名はシャクティに聞くまでもない。フィリックスでも知っていた。

ドモス軍の強さの秘密は飛龍だ。

特に飛龍は、北国ドモスの特産である。世界中でドモスほどに飛龍の大群を揃えられる地方はない。これがドモス軍の強力なアドバンテージになっていた。

その飛龍軍団の最高責任者が彼女だ。ドモス国王ロレントの旗揚げから従う女将軍であり、愛人。子供も産んでいるそうだ。

そういう地位にある以上、大鳥という飛行兵種に興味を持たずにはいられないのだろう。

フィリックスはウルスラと無言で頷きあってから口を開いた。

「お心遣い感謝する」

強いて拒否しなくてはならない謂れはない。フィリックスたちは飛龍に跨がる女将軍に付いていくことにした。

先導しながらナジャの視線は、興味深くグリフォンの動きを窺っている。

（怖いな……）

それから右脇のならなさにフィリックスは舌を巻いた。それから右脇のウルスラをちらりとみる。
（いままでウル姉より強い女騎士なんて見たことないって思ってたけど、この将軍相手じゃどうなることか、少なくとも空中戦はさせられないな……）
　やがて一行は案内された陸地に降り立つ。すると、黒龍から飛び下りたナジャは近づいてきた。
　飛龍に乗っている時には大柄に思えたが、それは存在感の成せる業であり、身長そのものはあまり高くはない。女性としては平均的であろう。ウルスラやシャクティより低い。しかし、かなり肉感的であり、ナイスバディだ。
「あんたらが陸下と話している間、そいつにちょっと乗せてもらっていいかい？」
　その唐突な提案に目を剥いたフィリックスだが、丁寧に断った。
「それはご勘弁ください。これは我々の秘密兵器ですから」
「そいつは残念だ」
「すいません」
　自分でも無理な注文だという自覚はあったのだろう。ナジャは呵々大笑した。
「いいって気にするな、若いの。それにしても、いつか飛龍と大鳥による空中決戦っていうのもやってみたいも

んだねぇ～」
　軽口にしては少々深刻なことをのたまうお姉さまの案内で、フィリックスたちは陣屋に入った。
　お伴はウルスラとシャクティのみ、残り十八人はグリフォンの傍に残す。
　そこにはズラリと将軍が並び、その最奥に異様な存在感を放つ男が鎮座していた。
「……」
　黒髪に三白眼が印象的だ。黒い重厚な鎧に身を包み、股の間にどっかと鞘に入った大剣を突きたてて、その柄に両手を乗せている。
（これがドモス国王ロレント……）
　名乗りを受けなくとも一目見ただけでわかる。
　父親殺しの噂とともに二十歳のおりに即位してから、三十六歳の今日まで戦いまくってきたとだれもが認める覇王だ。
　その姿を見ただけで、ゾクゾクと肌が泡立つのを感じた。
　武威と剣呑さによって作られた生きる軍神。ただし、雰囲気からは想像も付かないが、実は結構な好き者でもあるらしい。
　落とした城の姫君を陵辱するのが好きらしく、「プリンセスキラー」なる噂がある。
「え……と、お初にお目にかかります。ぼくは……」

年若い他国の王太子の挨拶を、ロレントは途中で遮った。
「話を聞こう」
ドモス国王ロレントとの会談を終えたフィリックスたち一行はその陣を出た。そして、再び大鳥に乗り、南下。今度は二重王国の陣に向かう。
「どうでした。いまをときめく覇王さまにあった感想は?」
シャクティの質問に、フィリックスは苦笑した。
「怖かった。いまでもまだ震えが止まらないよ」
「そう卑下したもんじゃありませんよ。陛下だって負けていませんでしたよ」
「あはは、ありがと。お世辞でも嬉しいよ」
フィリックスの謙遜を、シャクティは窘めた。
「あのロレントどのが王位についたのは二十歳の時、殿下はまだその年齢にも達していません。それなのにもう西国諸侯の盟主として、一目置かれる存在なんですよ。そう考えると凄くありませんか?」
「ぼくはただ周りの人に押し上げられただけだ。なんとなく運がよかっただけだよ。これを実力だと勘違

まさに血の匂いのする野獣を見た気分だ。
それは嘘偽りなき感想だ。好んでお近づきになりたい人種ではない。
※
大鳥に乗って飛行中に主従はあたりを見渡すが、そこは空の上、二十騎のほかにだれかいるはずがない。いや、いた。
なんにもない空に忽然と、茜色の頭巾を纏った女が立っていた。
「驚かせてごめんなさいね」
ウルスラの声でもない。忠勇なる女騎士も驚いた表情とともに辺りに鋭く視線を合わせる。
心底からそう思っていると、不意にシャクティの声とは違う女性の声が割り込んできた。
「えっ!?」
「なるほど、面白い御仁ですね」
いしたら大変なことになる。

目にかかります。わたくしオルシーニのリサイアと申「イシュタール国王フィリックス王太子殿下、お初にお
って、忍び装束の女は慇懃に一礼する。
そのあり得ない光景に、驚愕するフィリックスに向
でもない。ただ本当に空中にひとり立っているのだ。
女は飛龍に乗っているわけでも、大鳥に乗っているわけ
かけられるまでまるで気配を感じなかった。しかも、彼
しかし、そんな目立つ装いをしていたのに、いま声を
う。とりあえずシルエットから女性であることがわかる。
頭巾をつけている。いわゆる忍び装束というやつであろ
手と足の部分がきゅっと締まった動きやすい服装に、

「あ、うん、よろしく頼む」

フィリックスはいささか気を飲まれながら応じた。

二重王国の諜報機関の優秀さは有名だ。その長の名前である。

一応、フィリックスの私的な間者の責任者はシャクティだ。同じ職権を司る者同士面識があったらしい。

忍術なのか、魔術なのか知らないが、達人になれば飛龍や大鳥や天馬の類を使わずに、ただ身一つで飛ぶこともできるらしい、との噂を聞いたことはあったが、実際にやってみせた人を見るのは初めてである。

「シャクティさん、また会えて嬉しいわ」

「いえいえ、こちらこそご壮健そうでなによりです」

覆面の女とシャクティはなにやら意味深な声色で挨拶を交わす。

地面に降り立った女忍者は、頭巾を取る。

バサッ！

ただ頭巾を取っただけに思えたのに、服装が忍び装束から赤いカクテルドレスに代わっていた。年のころは二十代の後半。ウルスラやシャクティと同世代だ。

褐色の肌に、飴色の髪に、ウルスラやシャクティと同世代だ。褐色の肌に、飴色の髪をした美女はにっこりと笑うと、

「どうぞ、こっちよ」

空を歩く女に案内されて、フィリックスたちは大鳥を進めた。

「これが噂の王子さまね。やっぱ男は若いのに限るわぁ」

フィリックスの左腕に抱きついてきた。

「ど、どうも……」

どういう受け答えをしていいかフィリックスは戸惑うが、リサイアの目は、お伴のウルスラとシャクティを笑いながら見ている。どうやら、二人がフィリックスの愛人であることを知っているぞ、というアピールのようだ。

「こちらです」

腕を引きながらリサイアは、フィリックスの耳元で甘く囁く。

「お仕事終わったら、あたしとちょっと遊んでいかない？」

「えっ」

カクテルドレスの胸元に隠れた肉メロンを見下ろし、フィリックスは生唾を飲む。

「たまにはゆきずりの女とやるのもいいわよ。きみの愛人みんなより、すっごいことしてあげるから♪」

「凄いこと……」

女忍者というのは、性を武器にするというのはよく聞く話だ。いわば性戯のプロ。いったいどんな凄いエッチをさせてもらえるのか。

フィリックスの脳裏に甘い夢が蕩ける。直後に尻のお肉をギュッと掴まれた。

「はぁう！」

ゴホン！　と咳払いをしたウルスラだ。それでなんとか理性を取り戻す。
「ヤダな。ぼくがそんな……。第一、リサイアさんはあのセリューン陛下の最愛の女性だっていうじゃありませんか」
「リサイアさん。いくら欲求不満だからってうちの殿下を誘惑しても無駄ですよ。わたしたちが毎日、きっちり一滴残らず絞りとっていますから～」
「あらあら、セックスは出すだけが楽しみではないのよ、ね♪」
　ぎゅっとフィリックスの左腕を、自らの乳房の谷間に押しつけながら妖艶なる貴婦人はにっこり笑う。
「リサイアさん、のんびりとした口調で口を挟むに、シャクティがのんびりとした口調で口を挟む。
「あらあら、冷や汗をかきながら言い訳をするフィリックスとは別に、シャクティがのんびりとした口調で口を挟む。
「リサイアさん。いくら欲求不満だからってうちの殿下を誘惑しても無駄ですよ。わたしたちが毎日、きっちり一滴残らず絞りとっていますから～」
　ね♪」と言われても返答に困る。しかし、相手の立場を考えれば無下に腕を引き離すのも失礼というものだろう。
　からかわれているということはわかるのだが、伸びそうになる鼻の下を引き締めるのに必死だ。
　毒があるとわかっているのに食べたくなる。そんな色気のある女性であった。
（う〜ママ以外にも、こういうタイプの女性っていたんだ。世界って広いな）
　ウルスラもシャクティもあからさまに嫉妬はみせない

が、十分に棘のある氷の視線を浴びながら、陣幕の深部に進む。
　やがてたどり着いた鮮やかな白絹の天幕を前にして、嬌声が聞こえてきた。
「もう、陛下ったら、いけませんわ。あん♪　こんなところで。ヴィシュヌ陛下が見ておられます」
「マリーシア、あたしのことは気にするな。あたしは見ての通りの身体だからな。陛下のお相手ができん」
　若い男を誘惑して遊んでいた淑女のコメカミが引き攣った。そして、いったん腕を離す。
「少々失礼」
　怒気を孕んだリサイアは、フィリックスたち使者一行を残してズカズカと天幕の中に入っていった。
「陛下。イシュタールの王太子がお見えになるから、出迎えに行くとお知らせしましたよね。それなのになんですか！　そのたるんだ態度は！」
　ドカッゲシゲシッとなんかとっても痛そうな音がする。
「リサイア。それは一応、あたしの夫なんだ。ほどほどにしろ」
「陛下。イシュタールの王太子がお見えになっているんですが、なにが起こっているのか怖くて覗く気になれずにいると、やがて天幕が内側から再び開き、リサイアは顔を出す。
「お待たせしました。どうぞ」
　そのにっこりとした笑顔に、若干引いたフィリックス

だが、まさか引き返すわけにもいかず、中に足を踏み入れた。
　爽やかな陽射しの入った広い空間の中央、青い髪に涼やかな美貌の青年紳士がフレンドリーに出迎えた。
「これは西国の若き獅子と知られたフィリックスどのに遠路のご足労をおかけして痛み入ります。セリューンです」
　その丁寧な口調といい、痩身痩躯を簡易な軍服に包んだ立ち振る舞いといい、本来はキザな男なのだろうが、現在、なぜか髪が乱れている。原因は澄ました顔で後ろに立つリサイアであろうことは疑いない。
　とりあえずそのことは礼儀正しく無視する。
（これが二重王国のセリューン）
　年齢はまだ二十八歳だと聞いている。
　武のロレントに対して、智のセリューンと呼ばれ、この時代を代表する英雄として語られることが多い。
　しかし、秋霜烈日とした、逆らう者は叩きつぶされるようなる威圧感のあったロレントとは対照的な、その物腰の柔らかさにフィリックスは面食らった。
　もっとも、同じ英雄王とはいえ、経歴がまったく違うのだから、雰囲気も違って当然であろう。
　辺境の小国とはいえドモス王国の嫡子として育ったロレントとは違い、セリューンはオルシーニ王国の一豪族の出自である。

　なんでも十代の半ばで初陣の時、救国の英雄として劇的に歴史の表舞台に登場したが、その後、女癖が悪すぎて隠居させられた。しかし、二十二歳の時に再び国難に当たって女王マリーシアに懇願され現役に復帰。またも国を救ったという伝説の軍略家だ。
　今回もドモス軍に三割減の兵力で立ち向かい、五分。それどころか戦略的には有利な立場をとっている。
「あたしはこのまま失礼するよ。なにせこれでね」
　部屋にはセリューンとリサイアの他に、もう二人ほど女がいた。
　一人はおよそ戦場にいるタイプの女性ではない。二十歳前後の清楚なお嬢様が、部屋の隅でなにやら慌てた様子で胸元を必死に押さえている。
（サブリナ女王ヴィシュヌ）
　今一人は大きなソファーにどっかと腰を下ろした銀髪の大柄な女性。彼女の腹部は大きく膨らんでいる。
　野心家として知られた女傑だ。二重王国のもっとも武断的側面を担っている存在といっていいだろう。
　即位すると同時に、外征をしかけまくった南のロレントのような存在である。
　現在の二重王国に対する周辺諸国の懸念の原因はすべて彼女の責任と言っていいほどだ。しかし、ただ彼女の違うところは、オルシーニ王国との戦に負けたあと、セリューンに一目惚れして強引に結婚してしまったことだ

ろう。

それに驚いたオルシーニの女王マリーシアもまた、セリューンを手放してなるかと強引に結婚してしまったために、二重王国などというけったいな国家が生まれてしまったためだ。

それはいまから五年前のことだ。

しかし、今のところ二つの政府を一つに統合しようという動きは見受けられない。

あくまでもそれぞれの女王の夫がたまたま同じ相手だったに過ぎないといいたげな同盟関係に近い。

そして、形式を見ればセリューンは二重王国の王と呼ばれている。便宜上、セリューンは二重王国の王と呼ばれている。便宜上、セリューンは直接的には一兵も指揮しないどころか、国民すらいない状況だ。

そんな不安定な状態で、ドモスのような大国とわたりあい、破綻するどころか、逆に圧倒している。フィリックスの常識から見ると、なんとも不可解な国家だ。

「さて、和議を斡旋してくれるためにきたそうですが、戦況は刻々と我が国の有利へと傾いていますよ。なぜ和議に応じなくてはならないのかな？」

柔らかな物腰とは裏腹に、セリューンはフィリックスの器量を推し量るような言い方をする。

それも当然であろう。二重王国と西国同盟では、いささか懸案事項がある。

フィリックスの寵后の一人コーネリアの出身国ペルセポネは、反二重王国同盟に積極的に加担していたのだ。

そういう関係もあって、フィリックスの仲介を歓迎していない風だ。

（いや、これは演技だ。百日という時間は大きい。二重王国の兵士たちも祖国に帰りたいはずだ）

たしかに一見、戦況は二重王国の有利に推移しているように見える。

このままいくと急速に膨れ上がったドモス王国は、風船が破裂するように崩壊するのではないか、と予測するものもあるだろう。

しかし、世界規模で戦線は複雑に入り組み、混沌としている。いかにセリューンが天才的な軍略家だったとしても、これらの無茶苦茶な動きをすべて把握していると思えない。きっと内心は薄氷を踏む思いだろう。

こういう事態では、どこで突発的な変化が起きて、二重王国側が不利ということになるかわかったものではない。

たぶん、各地の反乱軍は二重王国に過大な援助を要求しているはずだ。それに応えるのも相当な負担になっている。

ここは一度和睦して、それらの不特定分子たちを整理統合したいはずだ。

自分たちが有利と思えるときに和睦する。軍略家として知られるセリューンならばそのくらいの理は心得ているはずだ。

事前にシャクティから状況分析を教えられていたフィリックスは、そう喝破した。
 そして物怖じすることなく、慎重に言葉を紡いだ。
「もし和議にのるとしたらどのような条件の時ですか?」
「ふむ。そうだねぇ」
 セリューンは考えているそぶりをした。そして、フィリックスの反応を楽しむように微笑を浮かべながら頷く。
「ドモス軍のメリシャントからの完全な撤退。それから賠償金と人質も欲しいですね」
 それは事実上、相手に負けを認めろと言っているに等しい。
 場の空気は一気に緊張した。
 フィリックスもまた内心、氷を飲まされたような気分になったが、必死に平静さを装いながら応じた。
「わかりました。ドモス国王に伝えます」
「ほう、伝える勇気はありますか?」
 自分の要求に、フィリックスは怒るか、または和議は不可能と諦めるか、と思っていたようだ。セリューンはやや意外そうな、それでいて面白そうな表情を浮かべた。
「なんとかしてみます」
 両陣営が和睦をしたがっていることはわかっているんだ。あとの問題は落し所をどこにするかである。
 そう自信を持ったフィリックスは、再びドモス陣営に向かった。

※

 その後、ドモス陣と二重王国の陣をなんども行き来するフィリックスの粘り強い尽力によって、ドモス王国とオルシーニ・サブリナ二重王国は和議を結ぶことに成功した。
 条件として、ドモスからは籠后ナジャの産んだ息子クロシェが一時的な人質として二重王国に差し出される。
「でも、これは一時凌ぎだ。近い将来、両国はまたこの地でおっぱじめるんだろうな」
 両軍が陣を引き払う光景を見ながら思わず呟いたフィリックスを、軍とともに残っていたルイーズは聞き咎めた。

「虚しいとお考えですか?」
「そうは言わないけど……」
「言葉を濁す王太子を、ルイーズは窘めた。
「人は永遠には生きられない。国家もまたしかり。必ず滅びる日が来ます。千年後にはドモスも、二重王国も無くなっています。これは間違いありません。しかし、だからといって悲観する必要もありません。何事も過程を楽しむことこそ大事なのです」
「過程?」
 それをシャクティが引き継いだ。
「そう、例えば畑の野菜。どんなに美味しくできても、人

が食べた果てはウンチになってしまいます。ウンチになるから虚しいといって野菜作りをやめるのは馬鹿げたことです。きっとこの一時の平和の間を、かけがえのないものと感じるものはおりましょう」

「シャクティ。言いたいことはわかるけどさ。もう少し綺麗な例えを出そうよ」

非人間的なまでに完璧な美貌の軍師が口にする言葉とは思えない。フィリックスは思わず顔を覆う。

観念的なことを話し合う主従を前に、ウルスラが断じた。

「いずれにせよ。我々はドモスとも、二重王国とも違う、第三の道を歩むことになる。両国が潰しあってくれている間に、確固たる基盤を築かねばならぬ。これからますます忙しくなるぞ」

「うん、そうだね。帰ろう。ぼくたちの国へ」

フィリックスもまた、帰国の途についた。

END

ハーレムシリーズ豆知識

ハーレムシリーズの世界では、ドラゴン的な生物の呼び方として「竜」と「龍」が厳密に区別されている。「竜」は信仰の対象として崇め奉られることもある概念的な生物で（代表例は北方ドモスの「黄金の大神竜」ほとんど神様の一種のようなものである。一方で「龍」は純然たる動物で、野生のものもいれば飼育されている動物もいる。端的に言えば馬と同じような家畜で、飛龍は空飛ぶ馬と考えてみればよい。「竜」を西洋的なドラゴン、「龍」を東洋的なドラゴンと言い換えてもよいかも知れない。詳しくはP.164からの用語事典の関係項目も参照のこと。

ハーレムシリーズ用語事典

あ行

暁の女神【二つ名・称号・役職】二重王国首都プロヴァンス東の塔。ジークリンデの居住地。彼女の二つ名の由来。

暁の塔【建築物・居室】イシュタール王国王都ゼピュロア七つの塔の一つ。東の塔。

青い月の兎亭【店名】トード魔法学園近隣の高級レストラン。

青い宝玉をした翼龍【紋章・図案】ヴィーヴル家の紋章の図案。

青騎士【二つ名・称号・役職】エクスタールの勇士レベッカの二つ名。

赤い髪の女海賊【二つ名・称号・役職】女海賊スカーレットの通称。

赤い宝玉をした翼龍【紋章・図案】ヴィーヴル家の紋章の図案。

アヴァロン【地名・国名】西方半島南部の都市のひとつ。セルベリア領の都であり、旧フルセン王都。セルベリア国内の旧フルセン派の本拠地。

アーリア【地名・国名】インフェルミナ王国の地方都市のひとつ。二重王国首都プロヴァンス南のヴァスラ王国と街道が通じていることもあって、交易の拠点としてそこそこ栄えている。エリエンヌ率いる傭兵集団「雷の小手」の拠点。

アドリアン城【地名・国名】オルシーニ王国アドリアン領の城。

暴れ牛のゼクス【二つ名・称号・役職】シルバーナ王国の聖騎士ゼクスの二つ名。

生きる軍神【二つ名・称号・役職】ドモス国王ロレントの二つ名。

戦天使【流派・集団】セルベリア王国の有力貴族コンミウス家に仕える騎士団。同国最精鋭部隊として知られる。

戦の女神【二つ名・称号・役職】クラナリアの騎士ルーシーの二つ名。

胃薬【物品】フランギースの常備薬。

石の華【流派・集団】ペニーシェ村の武器商会。

イシュタール王国【地名・国名】「森と湖の国」と称される大陸西方の都市国家群のひとつ。「七つ葉の楓」を紋章とする。

苺の森【地名・国名】薄紅天女通りにある茶屋。アレステリア王女もひそかにファンだとか。レギンス商会が出資。評判の看板娘モニカがいる。

インフェルミナ王国【地名・国名】ドモス王国西部の一地方領。葡萄や茶葉など農業生産を主産業とする大王国のひとつエクスタール王国。

うなぎの龍脇【街道・街路】クラナリア王国カモミール公爵夫人の二つ名。

雲山朝【地名・国名】ラルフィント王国の一部。百数十年前の継承争いにおいて、時の王子を担いだ一派。

右府将軍【二つ名・称号・役職】フレイア王国将軍リュシアンの二つ名。

薄紅天女通り【街道・街路】カーリングの高級繁華街。

ヴィーヴル家【家名】大陸中原に存在した王国。ドモス王国にヴィーヴル王家。同国の消滅後はドモス王国ヴィーヴル領主の家系。

ヴィーヴル【地名・国名】大陸中原の王国。ドモス中原の重王国成立後はその傘下となり、ヴィーヴル王国として征服され、以後同国最南端となった。

ヴィーヴル酒【物品】林檎を蒸留させて作ったヴィーヴル名産の酒。

ヴァスラ王国【地名・国名】陸東北部の小国。ドモス・ラルフィント間の緩衝地帯として機能している。「山羊」を紋章にする。

エクスタ三名臣【二つ名・称号・役職】エクスタ王国の重鎮、シャムロック卿、クライバーン将軍、オルドレイク公の三者。

エクスタ王国【地名・国名】ドモス王国により征服された北陸諸王国の一地方領のひとつ。征服以後はドモス王国の一地方領。

エターナル城【地名・国名】イシュタール王国の大貴族クリームヒルトが避暑のために建てた西部の城。

エトルリア王国【地名・国名】大陸南部、翡翠海沿岸の王国。強大な海軍力を誇る。

エトリアの黒鷹【二つ名・称号・役職】イシスの二つ名。

エルヴィーラ【地名・国名】ラルフィント王国内の一地方。

エレオノーラ【地名・国名】オルシーニ王国、及び二重王国の王都。バラ色の花崗岩で作られた同名の王城は幻想的な美さで知られる。

黄玉【流派・集団】トード魔法学園の教室名の一つ。

黄金の大神竜【信仰】ドモス地方土着の信仰。ドモス王国の勢力拡大に伴い各地に広まった。

黄金の花獅子【二つ名・称号・役職】
告死蝶々隊長、ジュリアの二つ名。

黄金の竜、黄金竜【紋章・図案】
「黄金の大神竜」を意匠としたロレントの旗印。

黄金竜を従えた王国【地名・国名】
ドモス王国の雅称。

大岩割り【武器】
イシュタール王国の騎士団の一つ。

大鎌【武器】
伝説の魔導師ヴラットヴェインの作とされるワイマールの斬馬刀。

オニール【地名・国名】
ネメシスの使用武器。ショーテルのように使う。

『お星様だってあたしの虜』クラブ【流派・集団】
お茶に使われる香料の産地。

オルシーニ王国【地名・国名】
トード魔法学校時代にオーフェンが気の合う仲間と集まって設立した魔法研究サーク
大陸中原にある周囲を山に囲まれている盆地。雨量が多いため、畑よりも水田が多い。竹が生い茂っている。魔法鉱石の産地として知られており、土地ゆえに非常に豊かで攻め難く守り易い。他国に攻め入ることはないが、他国からも攻められぬ国として、色々とよからぬ魔法の実験も――。後にサブリナ王国と同盟し、二重王国の一翼となる。「ユニコーン」を紋章にする。

オルシーニ、サブリナ二重王国【地名・国名】
オルシーニ、サブリナ両国の併合により生じた大陸南部の最大国家。

か行

カーリング【地名・国名】
ドモス王国中央部の城塞都市であり、旧クラナリア王国の王都。雲海の都。北の山脈の戦い以後ドモス王国の占領下にあったが、王太子アリオーンにより奪回される。インフェルミナ王国の王都。ジュノー峠間の中原を結ぶ交通の要衝にあり、ドモス王国の事実上の王都として副都と称される。

海竜姫【船舶】
ローランス王国所属の軍船。エヴァリンの御座船。

海竜神殿【地名・国名】
翡翠海沿岸で広く信仰がある他、ローランス王国では、王族の末裔が海竜神の末裔と名乗るほど。

カトラ地方【地名・国名】
クラナリア王国の西方。エクスター軍とクラナリア軍が戦った。

カドレー川【地名・国名】
西方半島中部に位置する、セルベリア、サイアリーズ国境の河川。

カプス【地名・国名】
フレイア地方最大のオアシス「妖精の沐浴場」に築かれた、黄金の宮殿を擁するフレイア王国の都。

カリバーン【地名・国名】
インフェルミナ王国の地方。ジュノー峠の戦い以後ドモス王国に服属した。

ガラハド領【地名・国名】
大陸統一以前の戦乱の時代。

神々の時代【時代区分】
大陸統一以前の戦乱の時代。

カレル【地名・国名】
二重王国オルシーニ地方の一地方。ラルフィント王国朝の重鎮、ダイストの領地。

カルロッタ【地名・国名】
翡翠海の沿岸の王国の一つ。エトリアと並ぶ海軍国であり、海上都市ブラキアを擁する。

花流星翔剣【流派・集団】
女剣士の里ベアトリスを本拠とする剣術流派。

鬼骨の軍師【二つ名・称号・役職】
二重王国の策君セリューンの二つ名。

キザヤ【地名・国名】
二重王国オルシーニ地方の田舎町。忍びの里。

北の餓狼【二つ名・称号・役職】
二重王国王国ロレントの二つ名。伝説の神狼を意匠にした軍旗の下で積極的な外征を繰り返すことから名付けられた。

狂女【二つ名・称号・役職】
ロレントの副官ドミニクの二つ名。

グリフォン【動物】
大陸南西部ランチェロに生息する幻想獣。鷲と獅子の半身を持つ偉容はクラナリア王国において千騎隊長を示すメダルの意匠として用いられる。

クリームヒルト家【紋章・図案】
クラナリア王国中西部の有力貴族。

クラナリア【地名・国名】
ドモス王国中央部の一地方。もとは北海諸王国の一つクラナリア王国であり、ドモス王国の事実上の首都である副都カーリングを擁する。

グラディウス【武器】
ブリギッダの使用武器。斬撃よりは刺突の際に威力を発揮する刀剣。

首取りのヴェルナー【二つ名・称号・役職】
ドモス王国側近ヴェルナーの二つ名。

海賊王、パイレーツ【二つ名・称号・役職】
イシュタール王子リカルドの座乗船。命名者はマリオン。

銀色の戦女神【二つ名・称号・役職】
イシュタール王国の騎士ウルスラの二つ名。

クレオンレーゼ王国【地名・国名】
大陸西方の都市国家群のひとつ。南のミルクア川でイシュタールと国境を隔てる。

紅の美姫【武器】
クラナリア王国の騎士マデリーンの剣。

黒騎士の魔具【武具】
マンセルが身に纏う魔法の鎧と剣。バージニア作成の武具。

紅天華陣【魔法】
クラナリア王国の魔術師バージニアの開発した炎の魔法。

クロチルダ【地名・国名】
ドモス王国により征服された北陸諸王国の一つ。

氷の魔女【二つ名・称号・役職】
トッド魔法学園のセライナの二つ名。

黒い馬乳酒（黒い馬乳酒）【物品】
ドモス王国の馬乳酒で最上級とされる品。

コールラル平原【地名・国名】
クラナリア王国北辺の平原。ドモス王国侵攻の際に両軍の決戦の舞台となった。

軍師将軍【二つ名・称号・役職】
オルシーニ王国軍最高司令官セリューンの役職。

ゲーレム【魔法】
魔法により制御される人形。

薫風斬り【武器】
聖光剣の四光ユージェニーの魔法剣。名工ジェルクリーナスの作。

虎騎将軍【二つ名・称号・役職】
イシュタール王国の将軍デクセルの役職。

月雪華【二つ名・称号・役職】
カーリングの芸妓シルヴィアの二つ名。

黒炎毛【動物】
ドモス国王ロレントの愛馬。

剣聖【二つ名・称号・役職】
花流星翔剣の剣士ミリアの二つ名。

黒虎のワイマール【二つ名・称号・役職】
聖光剣の四光の一人、ワイマールの二つ名。

剣舞の君【二つ名・称号・役職】
花流星翔剣の剣聖イレーネの二つ名。他に『月の剣姫』『剣の舞姫』など。

告死蝶々【流派・集団】
サブリナ王国の女王親衛隊。

高位魔法【魔法】
魔法の種別。実戦運用は難しいとされる。

ゴッドリーブ【地名・国名】
ラルフィント王国山麓朝の首都。『古都』と称される歴史ある都。

鋼鉄の処女姫【二つ名・称号・役職】
ドモス王国の王女クラミッシュの二つ名。

ゴロド砦【地名・国名】
クラナリア王国の北を守る、国境の砦。

コンミュウス家【家名】
『舞う羽』を紋章とするセルベリア王国の有力貴族。精鋭と名高い騎士団『戦天使』を擁する。

金色の小狼【二つ名・称号・役職】
花流星翔剣の剣士ミリアの二つ名。

さ行

サータルフィア【地名・国名】
クラナリア王国の一都市。カーリングとコールラル平原のほぼ中間地点に所在。

サイアリーズ王国【地名・国名】
セルベリアに征服された西方半島北部の王国。セルベリアとは南のカドレー川で国境を隔てていた。

西海【地名・国名】
大陸西方の海洋。

西海航路【地名・国名】
西海から南の翡翠海へと至る航路。大河中に至る大河と良港を要するシェルファニール王国が交易海路の中継点として栄えた。

彩華楼【店名】
アーリアの最高級妓楼。

西方半島【地名・国名】
大陸北西部の半島。

ザウルステール【地名・国名】
パロマリスト王国の一都市。借地としてレイア王国が利用できる唯一の港町。

左府将軍【二つ名・称号・役職】
クラナリア王国の将軍ホーパードの役職。

サブリナ王国【地名・国名】
大陸南方にある豊沃な亜熱帯気候の国。後にオルシーニ王国と同盟し、二重王国の翼となる。

サブリナの守護神【二つ名・称号・役職】
サブリナの守護神ベルゼイア将軍の二つ名。

サラミス【地名・国名】
ラルフィント王国の一地方。パールパティの実家。

斬馬刀【武器】
ヴェルナーの使用武器。リンダの身長にも匹敵するような長大な刀。

三本刃の戦【武器】
ルキノの使用武器。

サリエラルの野【地名・国名】
オルシーニ、サブリナ間に位置する平原。

サンダーガントレット
雷の小手【流派・集団】
水晶宮所属インフェルミナ方面軍アーリア都市支配隊の通称。

山麓朝【地名・国名】
ラルフィント王国の一部。百数十年前の継承権争いにおいて、時の王弟を担いだ一派。

シェルファニール王国【地名・国名】
大陸西部沿岸の王国。

シェンロン【地名・国名】
西海に注ぐ大河リュミネーの河口に臨むシェルファニールの王都。良港を有し西海航路の中継点となる海路の要衝。

ジオール峠（ジオール渓谷）【地名・国名】
オルシーニ王都エレオノーラを守る天然の要害。サブリナ軍が突破を企図して果たせず、結果として二重王国が成立した。

166

四光（聖光刻の四光）【二つ名・称号】
聖光剣を代表する四剣士。ユージェニー、ワイマールなど。

獅子心勲章
イシュタール王国の戦功勲章。

紫電の魔法戦士【二つ名・称号・役職】
エリエンヌの二つ名。

姉妹同盟【同盟】
オルシーニ、サブリナ間の同盟により二重王国が成立した。

ジャマダハル【武器】
ドーリアの使用武器。特異な形状の刺突用短剣。

シャムシール【武器】
シャロンの使用武器。大きく湾曲した刃を持つ半月刀。俗称「ライオンの鉤爪」

十文字槍【武器】
レベッカやロックスの使用武器。

樹海【地名】
大陸中原の中央部に位置する大森林地帯。

ジュノー峠【地名・国名】
インフェルミナ王国西部国境地帯の峠。ドモス王国侵攻に際してこの地の戦いの結果インフェルミナは占領下におかれた。

シュルビー【地名・国名】
ドモス王国に併呑された北陸諸王国の一つ。

触媒【物品】
魔法の使用に用いる物品。

処女の天敵【二つ名・称号・役職】
告死蝶々隊長ジュリアの二つ名。

シルバーナ王国【地名・国名】
大陸南部、翡翠海沿岸の王国。

シルバーベル砦【地名・国名】
フルセン王国の砦。セルベリア王国の手に落ちてからは前線基地として機能した。

白い貴婦人【二つ名・称号・役職】
エトルリア王国シグレーンの二つ名。

深紅の五つ弁の花の旗印【紋章・図案】
サブリナ王国ヴィシュヌの軍旗に用いられる図案。

神聖帝国【地名・国名】
大陸全土の統一国家。

神狼【紋章・図案】
ドモス王国の紋章の図案。

彗星落とし【技】
流星翔剣の奥義にして、最大の大技のひとつ。

朱雀神殿【信仰】
西国を中心に信仰を集める修道院。

鈴のシャクティ【二つ名・称号・役職】
イシュタール王国クンダル伯令嬢シャクティの二つ名。

スノウ侯爵家【家名】
シェルファニール王国の有力貴族。イシュタールとの国境を守る。

スライム【魔法】
魔道生物。ヴラットヴェインやケーニアスが意のままに使役している。

聖光剣【流派・集団】
ラルフィント王国の個人戦技諸流派の一つ。

聖騎士【二つ名・称号・役職】
イシュタール王国の騎士ウルスラ、シルバーナ王国の騎士ゼクスに与えられた称号。また、オルシーニ王国近衛騎士の呼称。

西征将軍【二つ名・称号・役職】
サブリナ王国のシャリエラの役職。

精霊降臨祭【祭祀】
トード魔法学園近隣の祭り。初夏の祭日。

隻腕将軍【二つ名・称号・役職】
ドモス王国将軍ヴァティストゥッタの二つ名。

ゼピュロア【地名・国名】
イシュタール王国の王都。また同名の王城は白銀城とも称され、七つの塔を備える。

セルベリア【地名・国名】
西方半島中部の王国。隣国サイアリーズ、フルセン王国に侵攻して半島を統一したが、フルセン再興により滅ぶ。

セレスト王国【地名・国名】
ドモス王国に併呑された北陸諸王国の一つ。豊富な鉱物資源を背景とした手工業を主業としている。細工職人で有名で、アンサンドラが結婚式の時につけた宝冠は、ロレントが巨万の富を与えて制作を指示したオルフィオのアレステリアへのお土産を加工した。

た行

ターラキア山脈【地名・国名】
西方半島の付根からドモス北西部にまで広がる広大な山岳地帯。

金剛壁【地名・国名】
大陸北東部の山岳、雪嶺、魔山とも称される。

大司教【二つ名・称号・役職】
朱雀神殿聖職者の役職。

ソウル【地名・国名】
オルシーニ、サブリナ間の河川。

双頭剣【武器】
シェラザードの使用武器。細身の剣が柄の両方についている特殊な馬上武器。

双槍【流派・集団】
ラルフィント王国カレル地方領主ダイストの操る槍の流派。

千騎隊長【二つ名・称号・役職】
ラルフィント王国の階級、役職の一つ。

戦鬼【二つ名・称号・役職】
前レネス家当主オグミオスの二つ名。

ダリシン【地名・国名】
西方城塞都市国家群の一つ。イシュタール南方の王国。

単眼の巨人神【信仰】
金剛壁の麓地域に伝わる信仰。

血塗られた毒婦【二つ名・称号・役職】
ドモス王国王妃アンサンドラの二つ名。ドモス王国に反感を持つ人々の間で用いられる。

使番衆【二つ名・称号・役職】
ヴァスラ王国の幹部候補生。

月の剣姫【二つ名・称号・役職】
花流星翔剣の剣聖イレーネの二つ名。他に「剣舞の君」「剣の舞姫」など。

ティア寺【流派・集団】
歴史的、地形的経緯からラルフィント王国に多数存在する個人戦技の流派群の一つ。体術を修める僧兵集団。

鉄騎兵【流派・集団】
ドモス王国軍の主戦力である重装の騎兵部隊。

鉄鞭【武器】
リュミシャスの使用武器。

デュマ家【家名】
ラルフィント王国山麓朝の貴族。レナス家による山麓朝掌握後は雲山朝につき、レナス家と対立した。

東征将軍【二つ名・称号・役職】
サブリナ王国のベルゼイア将軍の役職。

童顔の小悪魔【二つ名・称号・役職】
花流星翔剣の剣士ミリアの二つ名。

天馬騎士団【流派・集団】
シルバーナ王国の王女親衛騎士団。

トードの愛弟子【二つ名・称号・役職】
オーフェンの二つ名。

トード魔法学園【地名・国名】
ラルフィント王国にある、大賢者トードにより築かれた魔術師の養成学校。魔術機関の最高峰。周囲にはある種の学園都市が形成され独特の賑わいを見せている。

ドゴール【家名】
ラルフィント王国の貴族。レナス家のネメシスによって乗っ取られた。

ドス【地名・国名】
大陸北辺の荒野の一帯であり、ドモス王国勃興の地。

ドモス【地名・国名】
大陸北辺の荒野、ドモス地方の王国。大陸制覇を目指し北陸諸国を次々に併呑し、中原では二重王国と対峙し、またインフェルミナをはじめ東方にも食指を伸ばす。「神狼」を紋章とする。

ドモス軍の副将【二つ名・称号・役職】
ドモス王国の重鎮、クブダイ将軍の二つ名。

ドモス地方風土記【物品】
ドモス地方の風土や歴史をまとめた書物。

ドモスの娘【二つ名・称号・役職】
ドモス国王ロレントの龍姫ナジャの二つ名。

ドモスの魔獣【二つ名・称号・役職】
ドモス王国の猛将バーンズの二つ名。カーリング攻略戦における怪物じみた活躍から。

な行

ナウシアカ【地名・国名】
北陸諸王国の一つで、ターラキア以北の雪国。他の諸王国が次々と併呑されるなか、臣従同盟を結ぶことで征服を免れている。

七つ葉の楓【紋章・図案】
イシュタール王国紋章の図案。

南海の海賊王【二つ名・称号・役職】
エトルリア王子リカルドの二つ名。

南海の鷹【船舶】
エトルリア王国の軍船。

ニーデンベルグ王国【地名・国名】
大陸西方の城砦都市国家群のひとつ。

肉裂き【武器】
ドモス王国の飛龍乗りナジャの槍。

虹色真珠の間【建築物・居室】
カーリング城の謁見の間。

ネフテイス【地名・国名】
大陸中部、クラナリア西方の王国。一度ドモス王国に滅ぼされたが、反ドモスを掲げて再興した。

は行

バーミア【地名・国名】
ラルフィント王国雲山朝の都。享楽と背徳の都と称される。

バイアス教団【流派・集団】
歴史的、地形的経緯からラルフィント王国に多数存在する個人戦技の流派群の一つ。槍術を修める僧兵集団。

バウス【地名・国名】
サブリナ王国内の城塞都市。

爆炎の赤獅子【二つ名・称号・役職】
インフェルミナの騎士ケイトの二つ名。

白銀城【建築物・居室】
イシュタール王国王城ゼピュロアの異称。

白天【武器】
クラナリア王国の騎士ルーシーの槍。

爆風陣【魔法】
爆風を発生させる魔法。

白壁と花の都【二つ名・称号・役職】
クラナリア王都カーリングの異称。

禿鷹【二つ名・称号・役職】
クラナリア王国王城フレイア王マドアスの二つ名。

羽衣斬り【武器】
剣聖イレーネの剣。名工ジェルクリナス

ノエル村【地名・国名】
インフェルミナ北東部、主街道から外れた僻地。山の幸に恵まれた平穏な山村。

光のムチ【魔法】
バージニアが、剣など武具の媒介なしに使った魔道剣。

バザン【地名・国名】
大陸北部山岳地帯の南に位置するドモス王国の一地方。ドモスに征服された諸王国の一つ。

バストーレ地方【地名・国名】
クラナリア王国の平原地帯。同国の重要な穀倉地帯。

八角棒【武器】
グレイゼンの使用武器。

初花斬り【武器】
レナス家の公妃アーリーの剣。名工ジェルクリーナスの作。

馬乳酒【物品】
馬の乳で作る酒。ドモス王国の特産。

パロムリスト王国【地名・国名】
大陸西部、西海沿岸の王国。フレイア王国が利用できる唯一の港ザウルステールを同国に貸している。

パラメキア家【家名】
シェルファニール王国の有力貴族。

パンシー（パンシーの花の蜜）【物品】
雪深い山奥に生える植物。その花の蜜は媚薬として、服用または塗布して用いられる。

反二重王国同盟【同盟】
オルシーニ・サブリナ二重王国の勢力拡大を恐れた周辺国による同盟。後にエトルリアの離脱により瓦解。

飛龍【動物】
大陸北部、ドモス地方に生息する飛行生物。性質は気が荒く、食性は雑食で、野生では木の皮や馬などの野生動物、人里近くでは農作物や家畜、まれに人も捕食する。寿命は二十年ほどといわれる。ドモスでは古くから飼いならされ、飛龍乗り、飛龍騎士と呼ばれる飛龍騎乗戦士は、その機動力からの

氷花美人【二つ名・称号・役職】
サブリナ王国軍西征将軍シャリエラの二つ名。

ヒューリアス【地名・国名】
セルベリア王国の都。水晶と黄金で築かれた壮麗な街並みは、神々が住まう天上の都と称えられる。

火蜥蜴【船舶／紋章・図案】
女海賊スカーレットの持ち船の名であり、船旗に掲げられた紋章の図案。

飛天夜叉【船舶】
カルロッタ王国の高速軍船。

翡翠海【地名・国名】
大陸南方に位置する碧色の海。その名の通りに美しいが、沿岸諸国の複雑な思惑が絡み合う野望の海でもある。

秘剣・陽炎【技】
花流星翔剣の技。

ピグシー族【流派・集団】
ドモス地方の一部族。独立不羈の気風が強いことで知られる。

浮遊の魔法【魔法】
空中での落下速度を緩やかにする。ちょっとした訓練と高価な魔法宝珠で発動できる。

不死身の将軍【二つ名・称号・役職】
フレイア王国将軍リュシアンの二つ名。

フェンリル【地名・国名】
ドモス王国の都。実用一点張りの無骨な城砦都市であり、ドモス最後の砦として機能していたが南に版図を広げるに従い重要性は低下、旧クラナリア王国のカーリングが事実上の王都とみなされている。

ブラキア【地名・国名】
カルロッタ王国の海上都市。翡翠海中央部に位置し、その近海は膨大な船舶が行き交う。

ブリザードアイ【二つ名・称号・役職】
二重王国の忍、リシュルの二つ名。冷たい蒼眼に由来する。

ブルアリ【地名・国名】
インフェルミナ王国の一地方。葡萄と、それによる高級ワインの生産地として知られる。

フルセン王国【地名・国名】
西方半島南部の王国。セルベリアによる半島統一により一度は途絶したが再興し、セルベリアを滅ぼして西方半島を制覇した。

フレイア王国【地名・国名】
西方半島の付根部分の大陸側に広がる砂漠の王国。魔法触媒の採掘地として知られる。

同国において鉄騎兵とともに重視される。後にドモス王国の侵攻により滅亡。「菱形に丸」の軍旗を使用。

飛龍将軍【二つ名・称号・役職】
ドモス王国将軍ナジャの役職。

プロヴァンス【地名・国名】
サブリナ王国の王都であり、二重王国の二つの王都の一つ。

ベアトリス【地名・国名】
ラルフィント王国の都市。花流星翔剣の本拠であり、女剣士の里と称される。

ベニーシェ【地名・国名】
ラルフィント王国の一都市。鍛冶屋の里として知られる。

ベニーシェ伝【武器】
ラルフィント王国ベニーシェ村に伝わる鍛冶技法。鍛えられた製品の総称ともなっている。

紅蠍蛛【二つ名・称号・役職】
フルセン王国のレイテの二つ名。

ペルセポネ王国【地名・国名】
西方城塞都市国家群の東に位置する王国。イシュタル、二重王国とも戦火を交える。

法皇【二つ名・称号・役職】
朱雀神殿の聖職者の階級、役職。聖職者達の長。

鳳凰神社【信仰】
クラナリア及び北大陸全般に広く信仰を集める伝統的な寺院。総本山はカーリング城下にあり、古くはクラナリア王家の菩提寺でもあった。

吼える翼竜【流派・集団】
イシュタール王国王都防衛騎士団所属の第

169

十二小隊。後に、王太子直属部隊。

ま行

北陸街道【街道・街路】
ドモス、クラナリア間の街道。ドモス王国によるクラナリア侵攻において、この街道が進撃路として活用された。

星魅の魔女【二つ名・称号・役職】
オグミオス三姉妹の次女オーフェンの二つ名。

炎の鳥【紋章・図案】
イシュタール王国騎士ジルベルト家の家紋の意匠。

炎の槍【武器】
「爆炎の赤獅子」ケイト。国宝クラスの名槍とされる。

マイスター【二つ名・称号・役職】
名人の意味。鍛治の里ペニーシェにおいては実力が認められた者が名乗ることを許される。

舞う羽【紋章・図案】
セルベリア王国の有力貴族コンミュウス家の紋章。また、同家の擁する精鋭部隊『戦天使』の軍旗。

マジカル星姫☆【店名】
オーフェンが大陸全土に展開している魔法ショップチェーン。各地に支店を開いている。

魔神の牙【武器】
ドモス国王ロレントの帯剣。厚刃の大剣。

魔道剣【武器】
武器に直接魔力を付与しながら戦う剣術。武器付与の中では最も効率が良いが、使用者は魔法にも武器にも通じている事が求められる。剣だけでなく、マージョリーのように鞭にも使用する者もいる。達人になると、媒介なしで使用することができる。

魔道書【物品】
魔法の知識が記された書物。

マドラ地方【地名・国名】
ラルフィント王国の一地方。魔道剣の一派、聖光剣の本拠。

魔法【魔法】
魔力を媒介にして任意の現象を発現させる術。また、薬学および医学としての側面を持ち合わせる。

魔法球【魔法】
魔法の発動によって出現する球状の魔力塊。単なる照明から飛翔して爆発するものまで、魔法の内容によりその振る舞いは多種多様。

魔法剣【武器】
製造段階で魔力が付与された剣。魔術師を必要とする魔道剣や魔力剣と異なり永続的な効果を持つが、魔力の器としての機能と武器としての機能に相反する要素があり、両立は難しい。

魔法鋼【物品】
武具の素材として使われる鋼材。軽量で強度がある。

魔法鉱石【物品】
武器の素材として使われる鉱物資源の一つ。山岳に囲まれたオルシーニ王国が産出地として知られる。

魔法障壁【魔法】
魔法宝珠などによって構成される障壁。女戦士たちが、ビキニ鎧などで大胆に素肌に晒せるのも、これがあるため。魔術師が自身の魔力によって構成するものを特に魔法防壁と呼ぶ。

魔法弾【魔法】
もっとも基本的な魔法の一つ。純粋な魔力の塊を発射する。殺傷効果は低いものの、武具に掛けられた魔法の防御を阻害する効果がある。

魔法の幕【物品】
魔術師が空を飛ばす。二人乗りも可能。

魔法パイプ【物品】
クラナリア王国のバージニアが発案し、レナス家のオーフェンが世に広めた性具。

魔法宝珠【物品】
様々な魔法を封じ込めた宝珠。封じられた魔法は魔術師ではない者でも使用できる。

魔矢【魔法】
魔法によって構成される矢。魔道剣の一種。実物の矢がなくとも射撃できる。

魔力剣【魔法】
武器に魔力を一時的に付与する魔法。また付与された武器。付与者である魔術師が付与された武器の使用者は同一である必要はないが、魔道剣に比べて効率では劣る。

マルタ【地名・国名】
フレイア王国内のオアシス。

澪の塔【建築物・居室】
イシュタール王都ゼピュロア北の塔。女王グロリアーナの居塔。

水の宮【建築物・居室】
クラナリア王都カーリング城内のアンサン私室。

ミドガルド平原【地名・国名】
西方半島南部、フルセン王国内の平原。蜂起した旧フルセン王国とセルベリア王国の決戦の舞台となった。

ミルクア川【地名・国名】
大河リュミネーの支流の一つであり、イシュタール、クレオンレーゼを隔てる国境の川。

ミルクア大聖堂【建築物・居室】
大陸中原の王国ミルクア川湖畔に建てられた朱雀神殿の大聖堂。

ムスラン商会【流派・集団】
イシュタール王国有数の商家。

メリシャント【地名・国名】
大陸中原の王国。ドモス王国に滅ぼされた。

モーニングスター【武器】
ユーリの使用武器。鎖に繋がれた巨大な鉄球。

森と湖の国【地名・国名】
イシュタール王国の雅称。

や行

山羊【紋章・図案】
インフェルミナ王国紋章の図案。

柔らかい炎【紋章・図案】
レギンス商会の宝石店。

幽霊船【船舶】
翡翠海に出没していた海賊船。その正体はユニコーン【紋章・図案】オルシーニ王国旗の意匠として用いられる一角馬。穢れなき乙女にしかその背を許さないと伝えられる神獣。

妖姫【二つ名・称号・役職】
ドモス国王ロレントの寵姫リンダの二つ名。

妖剣ミレディ（およびそのレプリカ）【武器】
時のラルフィント王を殺害し同国分裂の発端となった伝説の剣。伝説の魔導士ヴラッドヴェインが制作に関わったという。石の華商会はこの剣の試作品をレプリカとして保有しており、薫風斬りの試し斬りに供された。

妖精の沐浴場【地名・国名】
フレイア王都カプスが置かれる、同国最大のオアシス。

夜烏衆【流派・集団】
ラルフィント王国に多数存在する戦技流派群の一つ。特定の主君を持たず、報酬次第で大陸のいずれの勢力にも与する忍者集団。

竜【紋章・図案】
大陸南西部の密林地帯。鷲頭の幻獣グリフォンの生息地。綺麗で気の荒い猫も有名。

ランブール城、ランブール要塞【地名・国名】
インフェルミナ東部の城砦。対ラルフィントを主眼に建てられた。

竜【紋章・図案】
ドモス地方の伝承において、千年を生きた龍が変ずる神。神竜。また、各地の土着信仰の対象となる幻想獣。

竜、翼竜【動物】
飛龍の別称。

龍騎将軍【二つ名・称号・役職】
イシュタール王国前王弟ヒルメデス将軍の役職。

ら行

ライオネル【地名・国名】
エクスター王国の王都。

雷火の塔【建築物・居室】
トード魔法学園園内の施設。

ラムリーズ【地名・国名】
クラナリア北部の高城都市。特産物はタラキア山脈から流れ出る清洌な水によって作られる清酒。

ラルフィント王国【地名・国名】
大陸東部の大国。広大な国土を誇るが歴史的経緯から雲山朝と山麓朝の二つに分かれ、長く続く混乱から「老大国」とも称される。個人戦技が盛んで、雑多な諸派が入り乱れる。

ランチェロ【地名・国名】
大陸南西部の密林地帯。鷲頭の幻獣グリフォンの生息地。綺麗で気の荒い猫も有名。

リュミネー川（リュミネー河）【地名・国名】
大陸南部、オルシーニ、サブリナ間を流れ西方城塞都市国家群を脇に西海に注ぐ河川。多くの支流と豊かな水量から大河リュミネーとも称される。

ルカ村【地名・国名】
インフェルミナ王国、アーリア近くの農村。

レギンス商会【流派・集団】
カーリングに本拠を置くドモス王国の豪商。

レナス【地名・国名】
ラルフィント北西の一地方。レナス家の所領。

レナス家【流派・集団】
ラルフィント王国の貴族。山麓朝に属しながら独自に勢力を拡大し、ラルフィントを事実上簒奪した。

レナス城【地名・国名】
ラルフィント王国レナス地方領主の居城。レナス家の本拠。

ロードナイト【地名・国名】
シルバーナ王国の王都。

ローランス王国【地名・国名】
翡翠海沿岸国の一つ

わ行

鷲の爪騎士団【流派・集団】
シルバーナ王国西部の砦ガイエ駐屯の守備部隊。

耐魔【魔法】
魔法攻撃を弾く、あるいは中和、無力化、消滅させること。基本は魔法なのだが、ゼクスのように気合いで魔矢を握り潰したりと、腕力での実行も可能。

龍血酒【物品】
馬乳酒と並ぶ、ドモス名産の酒。

性格で分かる!
あなたが次に手に取るハーレムシリーズ作品

START!
・コメディ派
・シリアス派

コミカルにいこう → / 真面目に真面目に… →

多数描かれる『戦争と平和』では…

あなたは女同士の愛に美しさを感じますか?

平和が一番 / 戦に血がたぎる / YES / NO

ホワイトカラーかブルーカラーかそれが問題だ

女だらけの職場はお好き?

・やっぱり都会でしょ
・田舎でゆっくり

頭脳労働 / 肉体労働 / 大好き! / 御免被りたい / 都会派 / 田舎派

・貧乳万歳!!
・豊かな乳に魅力を感じる

・海!
・山!

あなたはどちらかといえばS? M?

・聖なるかな
・俗なるかな

貧乳派 / 豊乳派 / 海派 / 山派 / Sっ気がある / ドMです / 俗世に生きる / 神にこの身を…

『ハーレムロイヤルガード』
➡24ページへ

『ハーレムパイレーツ』
➡30ページへ

『ハーレムジェネシス』
➡27ページへ

『ハーレムマイスター』
➡34ページへ

『ハーレムキャラバン』
➡28ページへ

『ハーレムファイター』
➡37ページへ

『ハーレムプリズナー』
➡36ページへ

『ハーレムシスター』
➡25ページへ

名著復刻

『ハーレムダイナスト 新・黄金竜を従えた王国』

二次元ドリーム文庫から上下巻で発売決定!

2000年に二次元ドリームノベルズから発売されたハーレムシリーズの原点『黄金竜を従えた王国』上下巻。その新装版が登場!

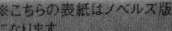

※こちらの表紙はノベルズ版になります

これまで入手困難だったあの幻の名作が装いも新たに蘇ります(2010年12月、2011年1月にかけて連続刊行予定)。ノベルズ挿絵の担当イラストレーター・せんばた楼先生が全ヒロインのキャラデザインを新たに描き、表紙、モノクロ挿絵共に全面的に描き下ろし。更に、上下巻とも大幅な加筆修正を加えた旧版読者も必読の二冊です!

応募者全員に特典冊子が当たる
ハーレムシリーズ、ハーレムガイド連動の
プレゼントフェア開催!!

STEP1 このガイドブック付属のアンケートハガキを準備!!

STEP2 2010年10月～2011年1月発売予定のハーレムシリーズ作品の帯についている応募券を2枚集めよう。

STEP3 STEP1で用意したガイドブック付属ハガキに応募券2枚を貼って応募すると――

左ページで紹介のハーレムシリーズ単行本未収録短編を集めた冊子を漏れなくプレゼント!!

対象は二次元ドリーム文庫の下記4作品

『ハーレムジェネラル』(好評発売中)
『ハーレムミストレス』(2010年12月発売予定)
『ハーレムダイナスト 新・黄金竜を従えた王国』上巻(2010年12月発売予定)
『ハーレムダイナスト 新・黄金竜を従えた王国』下巻(2011年1月発売予定)

・応募方法
対象作品の帯折り返しについている応募券2枚(コピー不可)を、『ハーレムシリーズ公式ガイドブック』アンケートハガキの応募券貼付欄に糊などでしっかり貼り、住所・氏名・電話番号・性別・年齢を明記の上、ご応募ください。記入漏れや間違い、応募券がない等の不備があった場合は、応募が無効となります。

※ご提供いただいた情報は、プレゼント発送・今後の企画の参考にのみ利用いたします。
※お一人で何口でもご応募いただけます。

・応募〆切
2011年2月末日(月) 当日消印有効

・お問い合わせ
TEL:03-3551-6147 (祝日を除く月曜～金曜 13:00～17:00) E-mail:harem@ktcom.jp

詳しくはキャンペーン公式サイトにアクセス
http://ktcom.jp/harem/campaign

ハーレムシリーズ短編&ショートストーリー一覧

『妖姫リンダ』
挿絵／渡瀬薫　　　　　　　　　　　　　　（『二次元ドリームマガジン』vol.4 収録）

エクスター王国・ジャミン城攻防戦。
ドモス軍を阻む涼やかな青騎士・レベッカにロレントの若き寵姫・リンダが挑む。
精悍な若騎士を待ち受ける淫獄とは――。

『ハピネスレッスン 隣のお姉さんは魔女と騎士』
挿絵／赤木　　　　　　　　　　　　　　　（『二次元ドリームマガジン』vol.37 収録）

ジェレミイは美女に囲まれながら日々修練に励む見習い騎士。
ある日、姉分の女騎士の入浴を覗いているところを
これまた幼馴染みの魔女に見つかって――!?

餓狼の目覚め ～黄金竜を従えた王国外伝～
（『モバイル二次元ドリーム』第7期配信）　　　ドモス王太子時代のロレントとドミニクの初体験を描く。

『ハーレムクライシス外伝 桃色行幸』
挿絵／龍牙翔　　　　　　　　　　　　　（2009年夏の二次元ドリーム文庫フェア特典冊子収録）

インフェルミナ動乱去りし後の、少年王一行の行幸――
のはずが何故か美女たちの誘惑合戦に?
少年王の寵姫たちは、今日も陽気に火花を散らす!

『ハーレムプリズナー外伝』
囚われのヘリオードが受けたエロエロな焦らし責めの日々!　　（ショップ特典ミニミニ小冊子収録）

『ハーレムロイヤルガード 20 YEARS AFTER』
あの青年宰相と乙女たちの、20年後の団らん。　　（ショップ特典SS付きカラーポスター収録）

『ハーレムデスティニー 新たなる戦雲』
インフェルミナ王国にまた新たな動乱の兆しが――?　　（ショップ特典SS付きカラーポスター収録）

ハーレムシリーズ作品全長編リスト

ハーレムマイスター 挿絵／高浜太郎	ハーレムレジスタンス 挿絵／かん奈	ハーレムパイレーツ2 挿絵／浮月たく	ハーレムパイレーツ 挿絵／浮月たく	黄金竜を従えた王国 上巻 美姫陵辱 挿絵／せんばた楼	
ハーレムロイヤルガード 挿絵／のりたま	ハーレムパラディン 挿絵／浮月たく	ハーレムファイター 挿絵／浅沼克明	ハーレムキャラバン 挿絵／七海綾音	黄金竜を従えた王国 下巻 麗姫紅涙 挿絵／せんばた楼	
ハーレムデスティニー 挿絵／龍牙翔	ハーレムキャッスル3 挿絵／Hiviki N	ハーレムキャッスル2 挿絵／Hiviki N	ハーレムエンゲージ 挿絵／あさいいちこ	女王汚辱 鬼骨の軍師 挿絵／せんばた楼	
ハーレムジェネシス 挿絵／神保玉蘭	ハーレムウェディング 挿絵／神保玉蘭	ハーレムクライシス 挿絵／龍牙翔	ハーレムシャドウ 挿絵／七海綾音	ふたりの剣舞 挿絵／B-RIVER	
ハーレムジェネラル 挿絵／かん奈	ハーレムプリズナー 挿絵／浅沼克明	ハーレムウィザードアカデミー 挿絵／SAIPACo.	ハーレムシスター 挿絵／神保玉蘭	ハーレムキャッスル 挿絵／Hiviki N	

竹内けん　あとがき

　十年前のデビュー作品が『黄金竜を従えた王国』である。それからいろいろと浮気しながらも、ノベルズ4冊、モバイル二次元の短編1本、雑誌短編2冊、文庫21冊か。

　私の著作の半数以上は、このシリーズということになってしまった。他に能がないんだなきっと。

　お陰さまで、ここ最近の売り上げは好調らしく、2ヶ月に1冊のペースで刊行させてもらっている。ということは、1年で6冊だ。

　それほど働いているという意識はない。たぶん、一般的なサラリーマンより遥かに遊んでいると思う。

　私の年齢から考えて、あと30年ぐらい現役でいられるか？　いや、いないと不味い。そうしないと餓死してしまう。

　そう考えると、6冊×30年＝180冊。そして、現在の20冊ほどをプラスすると、合計200冊。……マジかっ!?

　驚いて尊敬すべき先達たちの刊行数を確認してみる。みなさん、200冊ぐらい軽く突破していますね。働きものだなぁ。

　う～む、とりあえず10年後も私は、このシリーズを書いているのだろうか？

　いまひとつ想像できないが、こちとら職人ですから、日々売れそうな作品を模索しながらコツコツと仕事をしていくのでしょう。

　読者の皆様にも、末永くお付き合い願えると光栄です。

　最後になりますが、いつもお世話になっている戦友たちに感謝を。

　歴代担当者ならびに編集部の皆さん。今回は大変な作業だったようで、御苦労さまでした。あんまりにも煩雑な作業のために、特別チームまで作られたとか。

　せんばた楼さん、B-RIVERさん、渡瀬薫さん、赤木さん、Hiviki Nさん、浮月たくさん、七海綾音さん、あさいいちこさん、神保玉蘭さん、浅沼克明さん、龍牙翔さん、SAIPACo.さん、かん奈さん、高浜太郎さん、のりたまさん、私の売り上げの半数は皆さんの功績です。

　また、営業や製本など普段私の接することのない方々にも心からのお礼を。顔や名前は知らなくとも、多くの人が汗を流してくれていることは知っています。

　作家などというものは、流しの板前のようなものですが、キルタイムコミュニケーションという調理場には特別な思い入れがあります。

　今後、ますますの発展をお祈りしております。私も微力ながら協力させていただく所存です。

2010.10.2　竹内けん

竹内けん Takeuti Ken presents harem series official guide
ハーレムシリーズ
公式ガイドブック

2010年10月30日 初版発行

原作・監修：竹内けん

発行人：岡田英健
編集：二次元ドリーム文庫編集部

装丁デザイン：キルタイムコミュニケーション制作部
本文デザイン：マイクロハウス クリエイティブ事業部

印刷所：株式会社廣済堂
発行：株式会社キルタイムコミュニケーション
〒104-0041 東京都中央区新富1-3-7 ヨドコウビル
編集部 TEL03-3551-6147 ／ FAX03-3551-6146
販売部 TEL03-3555-3431 ／ FAX03-3551-1208

http://ktcom.jp/

禁無断転載 ISBN978-4-86032-994-5 C0076
©Ken Takeuti
©KILL TIME COMMUNICATION 2010 Printed in Japan
乱丁、落丁本の場合はお取替えいたします。
弊社販売営業部宛にお送りください。
定価はカバーに表示してあります。